CB028502

A criatura

LAURA BERGALLO

A criatura

Copyright © 2015 de texto *by* Laura Bergallo
Copyright © 2015 de ilustração *by* Juliana Pegas
Copyright © 2016 desta edição *by* Escrita Fina

Coordenação editorial: Laura van Boekel
Editora assistente (arte): Juliana Pegas
Design de capa e miolo: Estúdio Versalete |
  Christiane Mello e Fernanda Morais
Ilustrações de capa e vinhetas: Juliana Pegas
Revisão: Carolina Rodrigues e Cristina da Costa Pereira

CIP-BRASIL. CATALOGAÇÃO NA PUBLICAÇÃO.
SINDICATO NACIONAL DOS EDITORES DE LIVROS, RJ.

B432C

Bergallo, Laura
  A criatura / Laura Bergallo. - 1ª. ed. - Rio de Janeiro: Escrita Fina,
2016. il. ; 21 cm.
  ISBN 978-85-5909-002-46
  1. Novela infantojuvenil brasileira. 1. Título.
16-30728   CDD: 028.5   CDU: 087.5

Escrita Fina Edições
[Marca do Grupo Editorial Zit]
Av. Pastor Martin Luther King Jr., 126 | Bloco 1000 | Sala 204
Nova América Offices | Del Castilho | 20765-000 | Rio de Janeiro | RJ
T. 21 2564-8986 | grupoeditorialzit.com.br

Impresso no Brasil / *Printed in Brazil*

À minha sobrinha Marina,
que puxou a tia no gosto
pela tecnologia.

"E então veremos quão
tênue é a linha que separa
o que supomos ser real
do que é produzido no
interior da mente."

Rod Serling em *Além da
Imaginação*

1

– A minha proposta é contratar o Eugênio Klaus – disse o presidente da Magnum Softwares, que comandava a reunião.

– Também acho que ele é peça fundamental na montagem da equipe – concordou Mário Brito.

– Qual a opinião dos senhores? – perguntou o presidente para os outros diretores.

Houve um rápido momento de silêncio entre os oito homens sentados em volta da mesa oval. Logo depois, começaram a falar todos ao mesmo tempo. Mas uma voz mais forte se destacou:

– Parece que todos concordamos que ele seria a melhor opção... se não fossem os problemas.

As atenções se voltaram para o diretor de Recursos Humanos, que continuou:

– Ele tem uma personalidade difícil, não se adapta a receber ordens. Quer ser sempre o personagem principal. É uma estrela.

– E tem razão – observou Mário Brito. – É o mais brilhante profissional de informática na área de games que conhecemos. Os jogos que ele desenvolve são simplesmente geniais. Todas as empresas disputam seu passe.

– Mas há ainda outra questão, que é de conhecimento geral – acrescentou o diretor de RH. – Ele só tem 15 anos!

– Isso não quer dizer nada – argumentou o presidente. – Temos que nos adaptar aos novos tempos. Em empresas fabricantes de programas de jogos, como a nossa, muitos profissionais são extremamente jovens. E são os mais criativos e competentes.

– Ainda acho que ele não se adaptaria à equipe que estamos formando – insistiu o diretor de RH.

– O projeto exige os melhores profissionais de diversas áreas. Será que o cientista da área médica mais conceituado do país aceitaria trabalhar com um garotão vaidoso e temperamental?

– Ah, você está exagerando, Antunes. O garoto é mesmo poderoso. Basta ver o salário que ele ganha. Pode exigir o que quiser. – Mário Brito não escondia a admiração.

– E vamos oferecer mais do que a Pólux Games está pagando? Olha que é uma fortuna!

O presidente sorriu.

– Com o que vamos ganhar com o desenvolvimento desse novo produto, poderemos cobrir a oferta de qualquer concorrente com folga. Vocês sabem que o projeto é revolucionário. Essa nova geração de jogos vai ser o maior sucesso do mercado. E nós teremos a patente.

Um murmúrio de aprovação tomou conta da sala de reuniões. Com exceção do diretor de Recursos Humanos, todos aprovavam a ideia da contratação de Eugênio Klaus.

– Então está decidido – encerrou o presidente. – Antunes, providencie tudo o que for necessário para termos o geniozinho. Pague o que ele pedir, mas traga o garoto para a equipe. Ainda esta semana gostaria de reunir todo o pessoal para dar continuidade às pesquisas. E agora, se me dão licença...

O presidente engoliu com uma careta o cafezinho já frio, que estava à sua frente, recolheu uns papéis sobre a mesa e saiu. Antunes o seguiu:

– Desculpe a insistência, Hélio, mas o rapaz tem criado muitos problemas na Pólux Games e...

– Criado problemas, mas gerado lucros. Lucros incalculáveis. É o que interessa, não é? Aguardo notícias sobre a contratação.

2

Estava tudo calmo no escritório central da Pólux Games quando Eugênio chegou.

– Boa tarde – disse a secretária, andando aflita atrás dele. – Deixei vários recados em sua mesa.

– E eu não vou responder a nenhum – disse ele, zangado.

– Mas um deles é do seu pai...

– Ele que espere – disse o garoto, entrando apressado. – Não estou com tempo pra bater papo. E eu já disse que hoje não vou atender ninguém.

Entrou em sua sala e bateu a porta. A secretária recuou, toda sem graça.

– Liga não, Luciana – consolou a colega da mesa ao lado. – Esse menino é muito atacado. Você já devia estar acostumada.

– Ah, eu não me acostumo. Detesto falta de educação!

– Mas ele é assim com todo mundo. Quando está trabalhando num jogo novo, então, sai de baixo!

Na mesa de Eugênio havia pequenos papéis com nomes e telefones anotados. Ele já ia atirando tudo na lata de lixo, quando seu olho bateu no recado de cima da pilha:

Magnum Softwares? O que será que eles queriam?

Eugênio soltou um sorrisinho. Já estava acostumado a ser disputado por várias empresas, mas eles estavam ficando ousados. Deixar recado na própria Pólux! Que gente cara de pau!

Largou os recados em cima da mesa e ligou o computador. Escolheu um dos CDs que estavam na estante e o colocou no drive. Foi aí que o telefone tocou. Eugênio atendeu furioso.

– Pô, Luciana, eu falei que não estou pra ninguém. Você é surda?

– Desculpe, Eugênio – respondeu a secretária, magoada. – Mas é o chefe que está aqui. Ele quer falar com você.

– Que saco! – reclamou o garoto. – Manda ele entrar.

Instantes depois, dois homens entraram na sala. O mais velho, um sujeito simpático, era o chefe de Eugênio, dono da Pólux Games. O outro Eugênio não sabia quem era.

– Oi, Eugênio, tudo bem? – perguntou o chefe.

– Tudo. Não sabia que você vinha aqui hoje. Podia ter me avisado, né? – respondeu, mal-humorado.

– É, eu sei que você está ocupado naquele novo game – disse Bob, ignorando o mau humor de Eugênio. – Mas precisava te apresentar o Fernando. Ele vai trabalhar com a gente.

O garoto olhou o recém-chegado com desconfiança.

– Trabalhar com a gente como?

– Ele também projeta jogos. E está desenvolvendo uma ideia muito interessante. Um jogo de aventura e mitologia grega.

Eugênio olhou Fernando com desdém.

– Mitologia? Sei...

– Queria que você o ajudasse no que ele precisar.

A resposta foi curta:

– Tá.

Bob percebeu que a conversa não ia adiante. Conhecia Eugênio o suficiente para saber que ele não gostava de concorrência. Resolveu encerrar o papo.

– Então, estão apresentados. O Fernando vai trabalhar na sala ao lado.

Fernando estendeu a mão para Eugênio, que o cumprimentou de má vontade.

– Prazer. Mas depois a gente conversa, tá? Estou terminando um negócio importante agora.

Abriu a porta para os dois saírem e se jogou na cadeira, irritado.

– Eu é que não vou perder meu tempo ajudando esse carinha de jeito nenhum. Ele que se vire. Que besteira, jogo de mitologia...

Eugênio se sentia ofendido. Bob estava colocando outro cara no mesmo nível que ele. E isso ele não podia aceitar.

O olho bateu de novo nos recados sobre a mesa. Reginaldo Antunes, Magnum Softwares... por que não? Pegou o telefone e digitou o número.

– Você me ligou – disse o garoto, assim que Antunes atendeu.

– Eugênio Klaus! Como vai?

– O que quer comigo?

– Gostaria de conversar. Podemos marcar um almoço.

– Conversar o quê?

– A Magnum Softwares tem uma proposta a fazer. Podemos almoçar juntos: você, eu e seus pais, naturalmente. É uma proposta de trabalho.

– Meus pais não têm nada com isso. Sou eu que decido, eles assinam o que eu quero. Ganho muito mais que os dois juntos.

Que garoto horroroso, pensou Antunes. Mas foi obrigado a marcar o almoço.

3

Não foi difícil convencer Eugênio Klaus a mudar de time. Ele já andava cheio do pessoal da Pólux Games havia algum tempo; a entrada do tal Fernando só ajudou a piorar as coisas. E ele sabia que a Magnum Softwares tinha futuro, os últimos jogos lançados por ela tinham feito um sucesso enorme.

– Decidi que vou aceitar – disse ele ao pai.

Um husky siberiano de grandes olhos cor de água entrou na sala abanando o rabo e interrompeu o papo por alguns instantes.

– Chip! – exclamou Eugênio, dando tapinhas nas costas do cachorro. – Vem cá, seu mané!

Os dois rolaram pelo tapete em meio a latidos e risadas. Mas o pai retomou a conversa, com expressão preocupada:

– Mas o horário lá não vai atrapalhar o colégio?

– Não sei, mas não importa. Para que ainda preciso de colégio?

Voltavam àquele assunto que sempre dava discussão. Chip começou a latir mais alto, provocando Eugênio.

– Precisa pelo menos terminar o ensino médio. Os estudos são necessários, Eugênio.

– Ah, tá – disse o garoto, com ironia. – Você estudou muito mais que eu, fez faculdade, pós-

-graduação. Pra quê? Ganhar uma mixaria como professor universitário...

O pai foi firme:

– Olha aqui, enquanto você for menor de idade vai continuar estudando. Depois, você faz como quiser.

– Mas lá na Magnum vou entrar na equipe de um novo projeto. Uma coisa diferente de tudo o que já se viu em jogos eletrônicos. Vou precisar de todo o meu tempo, o colégio vai atrapalhar.

– Já está resolvido, Eugênio. Você vai ter que arranjar tempo para os estudos. Senão... nada feito.

O garoto saiu da sala com raiva do pai. Estava louco para fazer logo 18 anos e poder mandar na própria vida sem dar satisfações a ninguém. Mas, por enquanto, ia ter que continuar frequentando as aulas. Perder tempo decorando história e geografia, resolvendo aqueles inúteis problemas de matemática, lendo aquele monte de livros chatos... quando tinha tanta coisa mais importante a fazer!

A primeira reunião da nova equipe da Magnum Softwares foi marcada para depois da saída do colégio de Eugênio. E quando ele chegou à empresa, todos já o esperavam. Lá ele ficou sabendo dos incríveis detalhes secretos do projeto.

– Reunimos os melhores profissionais de áreas tão diferentes como informática, medicina, engenharia e design porque o que pretendemos fazer é verdadeiramente revolucionário – anunciou o presidente, logo no início do encontro.

Comandou com habilidade o notebook sobre a mesa e começou a projetar gráficos em datashow num imenso telão.

– Tudo é absolutamente sigiloso – continuou. – Mas vocês são agora nossos parceiros; todos têm participação nos lucros garantida em contrato. Todos, portanto, têm todo o interesse em manter o projeto somente entre nós.

Fez um suspensezinho irritante e disse em seguida:

– Este é Mário Brito, o executivo que vai coordenar os trabalhos. Brito, é com você.

O diretor se levantou e começou a explicar os planos de ação, com apoio dos gráficos projetados no telão. Depois de uma longa explicação sobre as tendências do mercado de jogos eletrônicos, que fez Eugênio bocejar de tédio meia dúzia de vezes, ele finalmente entrou na parte interessante do assunto:

– Vocês já imaginaram se pudéssemos participar dos jogos não apenas como simples jogadores externos que comandam um personagem virtual através de um joystick... mas na pele dos próprios personagens virtuais, *dentro do computador*?

– Explique melhor – pediu alguém.

– Estamos certos de poder encontrar uma maneira de *transportar* o jogador para dentro da máquina, isto é, para dentro do ambiente virtual, através de sofisticadas técnicas de desagregação e reagregação celular rigorosamente controladas por computador. É o que chamamos de *cibertransporte*.

O espanto foi geral.

– É incrível, mas é possível – continuou Brito. – Estamos no estágio final do desenvolvimento, em nossos laboratórios, de uma tecnologia de última geração que permite isso de maneira simples, com a ajuda de moderníssimos softwares. Precisamos da colaboração de vocês para concluirmos as pesquisas e criarmos jogos eletrônicos sensacionais, usando essa nova tecnologia.

– É claro que essas pesquisas ainda vão levar algum tempo – emendou o presidente. – Esperamos dominar totalmente essa técnica dentro de... digamos... um ou dois anos. Até lá, teremos todos muito trabalho. Mas nenhum de nós vai se arrepender.

4

– A gente soube que você saiu da Pólux. O que foi que aconteceu? – perguntou João Pedro mastigando um sanduíche, encostado no balcão da cantina do colégio.

Eugênio olhou para o colega com ar impaciente, torcendo para o intervalo das aulas terminar logo e ele não ter que ficar aguentando aquele interrogatório chato.

– Enchi daqueles caras.

– Você foi contratado pela Magnum?

Eugênio fingiu que não ouviu. Detestava ficar dando explicações no colégio sobre a sua vida profissional. Não dava a mínima importância para aqueles garotos bobões que só pensavam em festinhas e namoradas. E se irritava com o assédio das garotas, que viviam fazendo mil perguntas e se atirando para cima dele. Elas só servem para ficar de vez em quando, pensava.

– E aí, o Eugênio vai desta vez? – perguntou Aline para João Pedro, assim que Eugênio se afastou.

– Não sei por que você está tão interessada... Ele nunca deu bola pra nenhuma de vocês.

Aline não ligou:

– Só quero saber se ele vai à festa hoje à noite.

– É claro que não. Ele nunca vai! Não sei nem por que o pessoal ainda convida.

– É porque a festa é de *toda* a turma, e ele é da turma... ou não é?

– Sabe que eu às vezes duvido? Ele não faz nada junto com o pessoal da sala. Não vai a festas, não sai pra lugar nenhum com a gente. Ele é muito metido, isso sim. Eu é que não convido mais. Sabe qual foi a desculpa de hoje?

Fez uma pausa para causar maior impacto e afinou a voz num tom de gozação:

– "Tenho que trabalhar." Aí eu disse: "Mas hoje é sábado!" E ele respondeu, naquele jeitinho besta dele: "Vou trabalhar em casa!"

Eugênio foi mesmo direto para casa depois das aulas daquele sábado. Estava louco para continuar a trabalhar em seu projeto, que era mais secreto ainda que o da Magnum Softwares, porque apenas ele conhecia. Só podia cuidar disso nos fins de semana, já que não sobrava um minuto do resto do tempo.

Assim que chegou, foi recebido por Chip com lambidas e latidos de boas-vindas. Engoliu rapidinho o almoço, entrou em seu quarto com o cachorro nos calcanhares e trancou a porta.

Deu uma olhada pela janela enquanto fechava as cortinas e viu o dia lindo que fazia lá fora. Desde que tinha começado a ganhar toda aquela grana criando games, havia se mudado com os pais para um luxuoso apartamento de frente para a praia. Da janela podia ver a animação dos banhistas nos dias de sol e os pescadores, que, ao entardecer, ficavam horas sentados no píer esperando um peixe que lhes mordesse a isca.

Se não têm nada melhor pra fazer, eu tenho.

Puxando a cadeira de rodinhas, se posicionou de frente para o seu supercomputador. Ligou a máquina, digitou a senha e iniciou o programa em que estava trabalhando.

A tela se iluminou e o trecho inicial da *Quinta sinfonia* de Beethoven retumbou pelo quarto.

Excitado, Eugênio viu surgir no monitor, ao longe, a imagem de uma figura que se aproximava passo a passo. Ele então digitou alguns comandos e viu a figura ficar bem próxima.

Segundos depois, em close, um rosto jovem o encarava muito sério. Em 3D, um adolescente virtual, mais ou menos da idade de Eugênio e tão perfeito que parecia real, lançava-lhe um olhar estranho e gelado.

Mas um barulho inesperado interrompeu a cena.

5

– Eugênio! – Ouviu a voz da mãe que se misturava com batidas na porta. – Cheguei!

Ele não respondeu.

– Eugênio! – Mais batidas, agora menos espaçadas. – Você está aí?

Chip começou a latir. O garoto revirou os olhos, aborrecido com aquela interrupção fora de hora:

– Fala, mãe!

– Dá para abrir um pouquinho, meu filho?

– Calma aí que eu já vou.

Chateado, Eugênio saiu do programa e desligou o computador. Destrancou a porta, contrariado, e se jogou na cama. A mãe entrou de mansinho e sorriu para ele.

– Lembra, filho, que a gente ficou de visitar a vó Bia?

– Ah, essa não! – protestou. – Logo hoje, que eu estou cheio de coisas pra fazer?

– Mas, Eugênio... você está sempre cheio de coisas pra fazer. E é o aniversário dela! Seu pai ligou do clube e já está vindo buscar a gente. Você está pronto?

– Ah, dá um tempo, mãe!

– Mas, filho, a gente não vai ficar lá a tarde toda. É só um pulinho, tá?

– Tá, mas, se vocês começarem a enrolar, eu pego um táxi e volto sozinho! Durante a semana tenho que ir à escola e, no fim de semana, visitinhas de família! Vocês sabem que eu detesto isso!

A mãe resolveu ficar quieta, para não prolongar a discussão. Eugênio levantou de má vontade, pensando em ir logo para voltar depressa.

– Eu tenho que admitir que foi uma perda – disse Bob, com ar conformado. – Mas tem o lado bom: ele andava criando muita confusão.

Fernando ergueu as sobrancelhas:

– É muita responsabilidade, eu mal entrar na empresa e já ir substituindo Eugênio Klaus.

– Não exagere, ele é um garoto. Você tem muito mais experiência. E, afinal de contas, ninguém o mandou embora. Ele saiu porque quis. – Fez uma pausa e mudou de tom: – Agora, vamos esquecer isso. Me fale do seu projeto.

Fernando se ajeitou melhor na poltrona.

– Bom, como você sabe, é um game tipo RPG cujo tema é mitologia grega. Sempre fui fascinado por mitologia. Há uns mitos, especialmente, que me fascinam mais. São histórias supercriativas, cheias de aventura, muito legais para um jogo.

– Você já tem alguma coisa definida?

– O projeto está bem adiantado. Certos mitos gregos, na minha opinião, ficam mais interessantes que outros. Mas eu pensei em misturar vários. Um deles é o de Teseu e o Minotauro. Outro é o de Perseu, que conseguiu matar a Medusa e entregar sua cabeça decepada à deusa Atena.

– Parece bem legal – disse Bob, entusiasmado.

– E tem muito mais: a guerra de Troia e seus heróis, como Odisseu e Aquiles, Eneias e Heitor, os doze trabalhos de Hércules (ou Héracles, para os gregos), as lendas de Ícaro e de Midas, o rapto de Perséfone... São tantas histórias e tantos deuses, semideuses e heróis, que a gente ia conversar por meses e eu não ia consegui contar tudo. Dá para criar diversos jogos.

– É, eu lembro alguma coisa do que estudei na escola. Mas já faz tanto tempo, e a gente quase não ouve falar, que acaba mesmo esquecendo.

– Pois é. Eu tenho lido muito sobre isso. Tem cada monstro sensacional! Além da Medusa e do Minotauro, de que eu já falei, tem a Quimera, os ciclopes, o cachorro de três cabeças chamado Cérbero, as harpias, a esfinge, e até cavalos comedores de carne humana.

– Quanta imaginação!

– E o que para mim é o melhor: o mito de Prometeu, que criou o homem e depois roubou o fogo dos deuses para dar de presente aos humanos. Isso despertou a ira de Zeus, deus supremo, que fez duas coisas: acorrentou Prometeu a uma rocha onde uma águia comia seu fígado, que, depois de devorado, se reconstituía para ser de novo consumido no dia seguinte pela ave; e aos homens Zeus deu a caixa de Pandora, que continha todos os males do mundo.

– Interessante... Mas por que você acha esse o melhor?

Fernando pensou um instante antes de responder.

– Não sei, mas me impressiona muito. Tem a ver com tudo o que acontece... entre criador e criatura.

6

A tempestade tornava a noite ainda mais escura e assustadora. Raios riscavam o céu de chumbo e a luz azulada dos relâmpagos iluminava o vale solitário, penetrando entre as árvores da floresta espessa. Os trovões retumbavam como súbitos tiros de canhão, interrompendo o silêncio do cenário com estranha urgência. Além disso, nada mais se podia ouvir, a não ser o assobio zangado do vento e o farfalhar de mil galhos que dançavam loucamente, jogados com violência de um lado para o outro.

O lugar estava completamente deserto. Os animais da floresta, instintivamente recolhidos a seus refúgios quando a tormenta se aproximava, do fundo das tocas espreitavam a fúria da natureza, sem ousar enfrentar o lado de fora. Alimentadas pela chuva insistente, as águas do rio começavam a subir e a invadir as margens, carregando tudo o que encontravam no caminho. Barrancos despencavam e árvores eram arrancadas pela força da correnteza, enquanto o rio se misturava ao resto como se fosse tudo uma coisa só.

Mas algo... ou alguém... ainda resistia.

Agarrado desesperadamente a um tronco grosso que as águas levavam rio abaixo, um adolescente exausto e ferido lutava para se manter consciente e ter alguma chance de sobreviver. Volta e meia seus braços escorregavam e ele quase afundava, mas logo ganhava novas forças, erguia a cabeça e tentava inutilmente dirigir o tronco para uma das margens.

De repente, no período de silêncio que se seguia a cada trovão, ele começou a ouvir um barulho inquietante que ficava cada vez mais próximo. Uma fumaça esquisita se erguia à frente, e ele então compreendeu: era uma cachoeira!

Usou quase toda a energia que lhe restava para tentar escapar. Se não conseguisse, iria despencar no abismo de espuma que se aproximava e então seria o fim de tudo.

Num pulo desesperado, agarrou o galho de uma árvore que ainda se mantinha de pé perto da margem e soltou o tronco flutuante, que seguiu seu caminho até a beira do precipício e nele mergulhou descontrolado.

A tempestade prosseguia e cegava o garoto, o rio continuava seu curso feroz e a cachoeira rosnava bem perto de onde ele estava. De repente, percebeu que a distância entre uma das margens e o galho em que se pendurava talvez pudesse ser vencida com um pulo. Deu um jeito de se livrar da camisa molhada, que colava em seu corpo e tolhia seus movimentos, e respirou fundo para tomar coragem.

Se errasse o pulo, seria engolido pela queda d'água... mas, se acertasse, estaria a salvo. Viu que não tinha outra saída e resolveu tentar. Tomou impulso e, no exato momento em que projetou o corpo para a frente, um raio caiu bem no meio do rio. A luz repentina ofuscou seus olhos e o barulho quase estourou seus tímpanos, mas milagrosamente ele conseguiu alcançar a margem.

Ficou uns instantes deitado na terra encharcada, tomando fôlego para continuar. Como por encanto, a chuva começou a acalmar e o vento foi sossegando. As últimas nuvens negras que ainda encobriam a lua começaram a se dispersar e uma claridade suave iluminou a floresta.

Ele foi levantando devagar. Olhou o rio, que agora fluía mais tranquilo, sacudiu um pouco da água do corpo e dos cabelos e cruzou os braços sobre o peito nu, tremendo de frio.

Ficou de pé meio vacilante e examinou o lugar em torno, tentando decidir para que lado ir. Foi quando ouviu um rugido horrível, que parecia vir de bem perto. Correu para o lado oposto, mas não foi longe. Logo se viu encurralado por um penhasco gigantesco que barrava sua passagem. E o rugido começou a se aproximar cada vez mais.

Estava sem saída. De um lado, o penhasco intransponível; de outro, um enorme felino

esfomeado que o cercava, pronto a atacar. Então
o garoto viu um buraco no paredão de pedra e se
meteu dentro dele com rapidez. A fera o seguiu até
a entrada do buraco, mas foi surpreendida. Com
uma pedra grande que achou na porta da gruta,
o garoto golpeou a cabeça do animal com toda a
força que conseguiu reunir e o felino cambaleou até
cair, desacordado.

Já fora da caverna, ele examinou o penhasco que
teria que atravessar antes que o bicho voltasse a si.
Mas a pedrada não tinha resolvido o problema. A
fera acordou, vingativa, e saltou sobre ele com um
movimento rápido.

Foi quando uma águia enorme passou voando
bem baixo e o garoto a agarrou pelos pés, alçando
voo com ela. Vendo-se no ar, olhou para baixo,
horrorizado. Se caísse, não ia sobrar nenhum
pedaço. Ele segurou com firmeza as compridas
garras do pássaro e atravessou o penhasco por
via aérea.

O outro lado tinha um cenário muito diferente.
Para começar, era dia; e o sol brilhava num céu
sem nuvens sobre uma pista de corrida cheia de
obstáculos, onde se posicionavam motocicletas
devidamente montadas por pilotos de macacão e
capacete e em posição de largada. Apenas em uma
das motos não havia ninguém.

A águia deu um voo rasante sobre a pista e o garoto se soltou quando ela passava bem em cima da moto desocupada. Assim que ele caiu montado, foi dado o sinal de largada.

As motos aceleraram ruidosamente e partiram em correria, enfrentando obstáculos como rampas, buracos e lamaçais. O páreo era duro, mas a motocicleta do garoto era uma das mais velozes. Logo tomou a dianteira, seguida de perto por uma moto preta reluzente, conduzida por um piloto de aparência sinistra.

Em poucos instantes estavam praticamente emparelhados; mas, apesar de muito tentar, a motocicleta negra não conseguia passar à frente. A linha de chegada se aproximava e os gritos entusiasmados da torcida ecoavam ao fundo. A vitória era quase certa.

Inclinando o corpo um pouco mais, o garoto conseguiu acelerar sua moto e aumentou a distância para o segundo colocado. Mas o piloto sinistro tinha uma carta na manga: num golpe rápido, fez sua moto chegar por trás e, com um movimento preciso, deu uma espécie de rasteira na moto do garoto.

A motocicleta derrapou e caiu, rolando estrondosamente pelo chão da pista e levantando uma nuvem de poeira. O garoto rolou com ela e ambos se chocaram com violência contra uma montanha de terra, um dos últimos obstáculos antes da chegada.

A moto negra ganhou a corrida, sob os aplausos da multidão excitada, e o garoto ficou desmaiado no chão.

Com um sorriso vitorioso, Eugênio viu aparecer na tela as palavras *fim de jogo*. Soltou o joystick e limpou na bermuda o suor da mão. Desligou o computador e se aproximou da janela do quarto, de onde avistou os pescadores sentados no píer e o reflexo prateado da lua no mar.

7

– De mim você não precisa esconder nada – disse Mário Brito a Eugênio, pouco antes de mais uma reunião da equipe. – Sempre admirei seu trabalho... na verdade eu admiro *você*. Dei a maior força pra te convidarem pra Magnum. Mesmo quando o Antunes tentou atrapalhar.

– É, eu sei que o Antunes não vai com a minha cara. O que não quer dizer nada, porque eu também não vou com a dele.

– Pois é, mas comigo é muito diferente. Eu sou seu fã. Você pode confiar em mim.

Toda aquela demonstração de admiração mexeu com Eugênio e ele começou a considerar a ideia de contar ao Mário sobre o seu projeto secreto. Às vezes ficava difícil guardar só para si as coisas incríveis que estava conseguindo criar. Mas não queria que elas viessem a público antes de estarem completamente prontas.

– Você outro dia falou num projeto secreto – insistiu Mário, cheio de curiosidade. – Deve ser alguma coisa genial, partindo de você...

Estavam sozinhos na sala e ainda faltava quase meia hora para a chegada dos outros. Eugênio pensou que era uma boa oportunidade de se abrir com o Mário. Não que fosse amigo dele ou que quisesse ser. Ao contrário, até achava o cara um tremendo puxa-saco e meio burro, ainda por cima. Mas estava difícil guardar aquele segredo por tanto tempo; não tinha mais ninguém de confiança com quem falar.

– Ainda estou em fase experimental – adiantou o garoto, saboreando o ar curioso de Mário Brito. – Em pouco tempo vocês vão ter uma surpresinha.

– Ah, conta pra mim, Eugênio. Você bem sabe que o que disser não sairá daqui.

– Será?

– Palavra de honra.

Eugênio reagiu com ironia:

– Palavra de honra? Que coisa antiga! Mas tá legal. Eu acho que posso te dizer alguma coisa, sim.

Mário Brito se remexeu no sofá, impaciente.

– O nome é Loser – disse Eugênio devagar.

– Loser? Como assim? Você quer dizer perdedor, em inglês?

– Isso mesmo, perdedor, *loser* – repetiu, misterioso.

– Não combina com você... esse negócio de perdedor.

– Mas não estamos falando de mim. Estamos falando de alguém que sempre perde de mim. – Eugênio riu, adorando a cara de pateta do outro.

– Não estou entendendo nada.

– Não estou falando de um perdedor qualquer. Aliás, o cara é quase sempre um ganhador. A não ser quando a disputa é comigo.

– Mas... quem é ele?

– É um personagem virtual que estou criando. Para testar meus jogos.

Eugênio falava aos pouquinhos, deixando Mário exasperado para saber logo tudo.

– Um personagem virtual?

– É, um cara assim como eu, mas que, você sabe, só existe dentro do computador. Criei o Loser para poder testar o jogo sozinho, mesmo quando a disputa é para dois jogadores. Eu sempre jogo contra ele nos testes.

– Mas se ele foi criado para perder de você, não dá para testar o jogo a sério – arriscou Mário Brito e logo se arrependeu, com medo de desagradar o garoto.

– Ele *não* foi criado para perder de mim – respondeu Eugênio, irritado. – Não programei ele pra isso. Ele perde de mim *simplesmente porque sou o melhor*.

O silêncio constrangido que se seguiu foi interrompido pela secretária, que entrou na sala e anunciou:

– A reunião vai começar.

8

Depois de terminada a reunião, Mário Brito já ia saindo quando foi surpreendido por Eugênio:

– Então, quer conhecer o Loser?

Mário demorou a entender que Eugênio Klaus o estava convidando para ver de perto seu segredo.

– O Loser? Mas onde?

– Só pode ser lá em casa. É lá que trabalho nisso.

– C - claro – respondeu Mário, meio incrédulo. – Você me mostraria?

– Se ficar de bico fechado... Meus pais também não sabem de nada. E eu não quero que saibam.

– Deixa comigo, pode confiar. – Mário mal podia esperar: – Quando é que vamos?

– Só se for agora – respondeu Eugênio, se divertindo com a impaciência do outro.

Entraram no quarto sem dar explicações, porque, além dos empregados, não havia mais ninguém àquela hora no apartamento. Só Chip estava em casa para recebê-los, e demonstrou sua alegria com os latidos e os pulos entusiasmados de sempre.

A porta foi devidamente trancada e, depois de dar sua habitual olhadinha lá fora, Eugênio fechou as cortinas deixando o cômodo na penumbra.

Puxou uma cadeira para o visitante e ambos se acomodaram de frente para o computador.

Sob o olhar curioso de Mário Brito, Eugênio começou a demonstração.

– Vou iniciar o programa e em poucos minutos você vai dar de cara com ele. E depois vou testar um jogo novo. Acho muito divertido testar novos jogos com o Loser.

Mário viu que o garoto estava realmente ansioso. Seus olhos tinham um estranho brilho, e ele parecia meio fora de si. Respirava com dificuldade, mas movia os dedos pelo teclado com incrível rapidez. Será que esse menino usa drogas?, pensou Mário, observando o sorriso anormal que se desenhava em seus lábios.

A *Quinta sinfonia* de Beethoven invadiu o cômodo num volume tão alto, que pregou o maior susto em Mário Brito. Mas Eugênio não pareceu se importar.

No monitor, uma figura humana surgiu ao longe e veio caminhando em passos lentos, até chegar tão perto que se podia ver seu rosto. Era um adolescente de expressão séria, de traços perfeitos e olhar gelado.

Mário Brito sentiu um calafrio.

– Olá – disse o personagem virtual, e Mário ficou mudo de espanto.

– Ele fala! – se surpreendeu.

– Ah, não viaja! – exclamou Eugênio, impaciente.

– Ele só fala o que está gravado, né, Mário? É uma simples criação minha. O que achou, que fosse um ser vivo?

– O que meu mestre deseja? – perguntou a voz vinda do computador.

Mário estremeceu diante do rosto impassível que fitava Eugênio através da tela:

– Mas é incrivelmente real...

– Pois é – concordou Eugênio.

O outro tentava entender:

– Você sabe, já conseguimos concluir as pesquisas para o transporte de pessoas para dentro do computador e só falta testar na prática. Mas para chegar a tanto precisamos de uma equipe inteira! Você, sozinho, criou um personagem de perfeição impressionante. Como conseguiu?

– Isso é segredo. Você já está querendo saber demais. – Mudou de assunto: – Veja só isto.

Aproximou a boca do microfone sobre a mesa e ordenou:

– Travessia do despenhadeiro!

Mário teve a impressão de ver uma sombra de raiva nos olhos de Loser, mas afastou essa ideia da cabeça: Devo estar ficando doido. Isso é apenas um boneco.

Com as palavras de Eugênio, o cenário no monitor, antes de um azul neutro, de repente se transformou. Duas enormes montanhas apareceram nos cantos da tela, com um profundo vale entre elas. Ligando uma montanha à outra e atravessando a tela de ponta a ponta, uma pontezinha estreita e molenga pendia, frouxa e sem corrimão, parecendo estar prestes a se romper. Numa das montanhas estava Loser, pronto para iniciar a travessia.

Na parte inferior da tela, a quantidade de energia era representada por uma barra de cor verde, inicialmente completa.

– Se ele chegar do outro lado antes de acabar a energia, então ganhou – explicou Eugênio, com um risinho divertido. – Mas duvido que vá conseguir. Você sabe, muita coisa pode acontecer antes disso. Eu adoro atrapalhar.

Com o joystick em mãos, começou o jogo.

Loser deu alguns passos e alcançou a ponte. Mas uma tempestade de tortas de marshmallow, comandada por Eugênio, começou a empatar a caminhada. Loser levou uma torta no meio da cara e cambaleou. Tentava limpar os olhos da massa branca quando uma segunda torta o acertou em cheio no peito. Ele não conseguiu manter o equilíbrio e caiu sobre a ponte. Milagrosamente se agarrou a ela e evitou despencar no vazio.

Eugênio gargalhava extasiado. Mário estava confuso: se aquilo era apenas um boneco, por que sentia aquela estranha pena dele?

Loser acabou ficando novamente de pé sobre a ponte, num esforço que lhe custou quase um terço de sua barra de energia. Com os cabelos ridiculamente lambuzados de doce, estava pronto para continuar. Andou um pequeno trecho com certa facilidade. Mas de repente um bando de passarinhos barulhentos entrou em cena. Ele tentou se desviar, mas foi inútil. Os passarinhos o cercaram e começaram a bicar-lhe o corpo. Ele começou a rir.

– Cócegas – informou Eugênio, entusiasmado. – Vai cair de tanto rir.

O personagem até que resistiu algum tempo, enquanto os passarinhos iam desaparecendo depois de bicá-lo. Mas, quando parecia que estava finalmente livre, apareceram outras centenas de passarinhos comandados por Eugênio e foi impossível aguentar. Loser caiu de novo sobre a ponte e de novo conseguiu segurar-se nela. Os últimos passarinhos sumiram da tela.

Eugênio comemorava:

– Tá quase! Tá quase!

Mário olhou para a barra de energia e viu que restava bem menos da metade. Sem entender bem por quê, se pegou preocupado com a criatura virtual.

– Agora vem o melhor – anunciou Eugênio, enquanto manejava o joystick com extrema habilidade.

Loser já estava outra vez de pé e tentava caminhar depressa. Passou do meio da ponte e a outra montanha ficava cada vez mais perto. Mário Brito podia jurar que ele estava ofegante.

– Olha só o que vem lá. – Eugênio apontou no monitor para um enxame de tesourinhas voadoras que vinham ao longe, abrindo e fechando com um irritante ruído metálico.

– Mas o que...

– Isso mesmo. Tesouras voadoras. O cara vai ter que correr muito agora, porque tem que chegar do outro lado antes que as tesouras cortem a ponte. Muito engraçado, não acha? – Eugênio se acabava de rir, mas Mário não conseguia achar graça.

Na tela, as tesouras se aproximavam e Loser corria, aos olhos de Mário, desesperado. Estava quase chegando. Faltava apenas um passo. Mas Eugênio apertou um botãozinho vermelho e uma das tesouras alcançou a ponte, cortando o caminho da criatura antes que ela chegasse à montanha.

A ponte se rompeu com um barulho seco e Loser despencou no vazio soltando um grito abafado.

Mário constatou aflito que não restava mais nenhuma energia.

9

Eugênio vibrava:

– Caiu! Se ferrou! Demorou, mas se ferrou!

Mário se sentia esquisito; uma sensação de mal-
-estar, que ele não sabia definir direito, confundia
seus pensamentos. Teve uma súbita vontade de
sair dali.

– Acho que já está na minha hora – disse, meio
constrangido, e levantou da cadeira.

– Mas é cedo, ô Mário! Senta aí! – O tom de voz
não expressava um pedido, mas uma ordem.

O outro ficou meio sem jeito e acabou sentando
de novo.

– Agora vem a luta – declarou Eugênio. – É a
parte de que mais gosto.

Digitou uns comandos no teclado e a criatura
se levantou vagarosamente do chão onde tinha se
estatelado. O cenário se transformou num ringue
de luta, com a torcida enfurecida uivando e
vaiando.

– Vale tudo – falou Eugênio. – E aquele ali sou
eu! – apontou para o lutador de calção preto que se
aquecia de um dos lados da arena.

No lado oposto, já vestido com calção azul, Loser
também se exercitava. Mário teve a exata impressão
de que ele estava cansado. Mas não era possível!

Era apenas uma criatura virtual, e a cada início de jogo se refazia como se nada tivesse acontecido antes. O que tinha se passado na travessia do despenhadeiro não podia estar afetando seu desempenho agora. Mário resolveu esquecer isso.

Dado o sinal do juiz, os dois jogadores se engalfinharam. A um comando de Eugênio, o jogador de calção preto começou a socar e chutar furiosamente o adversário, que não conseguia reagir. O sangue espirrava para todos os lados e a torcida incentivava o massacre com assobios e gritos.

– Essa vai ser fácil! – gabava-se o garoto.

Mário tentava não olhar. Nunca tinha se sentido assim antes, por mais violento que fosse o jogo. Aliás, estava superacostumado com jogos violentos. A Magnum fabricava vários, e eram os que mais vendiam. Por que se sentia tão incomodado com esse?

– Pra arrematar! – exclamou Eugênio de repente, já pisoteando o adversário caído no chão, sob os aplausos da multidão.

Loser estava reduzido a uma massa sanguinolenta que mal se mexia.

O juiz deu a vitória ao lutador de calção preto. Eugênio comemorou dando soquinhos no ar.

– Nem teve graça. Foi fácil demais. Mas tem esse outro aqui...

– Não! – A voz saiu mais decidida do que Mário esperava. Tentou consertar: – Sabe o que é? Estou em cima da hora de um compromisso. Você me desculpe, mas vou ter mesmo que ir.

Antes que Eugênio tivesse tempo de protestar, levantou da cadeira e dirigiu-se rapidamente para a porta do quarto. O garoto nem se mexeu.

– Então tchau – disse Eugênio, aborrecido. – Você sabe o caminho.

Mário saiu sem olhar para trás. Apressou-se em alcançar logo a rua a fim de tomar um pouco de ar.

Com as palavras *fim de jogo* congeladas na tela, o garoto ficou por uns instantes fitando o vazio, chateado com a repentina saída de Mário. Mas logo se voltou de novo para o computador, pensando em testar com o Loser um jogo de duelo medieval que estava criando.

Inseriu um CD no drive, digitou os comandos devidos, e logo o jogo estava na tela. No cenário, havia um castelo medieval que se erguia no alto de uma montanha, com um enorme fosso lotado de jacarés sob a ponte levadiça da entrada. A atmosfera era sombria, como na maioria dos jogos criados por Eugênio, e a música de fundo acentuava o ar de mistério que cercava tudo.

Mais uns comandos, e um cavaleiro de armadura e elmo se aproximou a galope, estancando o cavalo junto a uma árvore, no imenso campo ao sopé da montanha. Logo, outro cavaleiro se aproximou, vindo da direção oposta. Ficaram frente a frente, de lanças em punho e prontos para a batalha. Mas, quando Eugênio ia apertar o botão para iniciar o jogo, uma voz metálica interrompeu o gesto:

– Chega!

O susto foi tão grande que o garoto deixou cair o joystick. Era difícil acreditar no que estava acontecendo. Um dos cavaleiros levantara o elmo da frente do rosto e olhava fixamente para ele através da tela:

– Chega! – repetiu Loser, fuzilando Eugênio com seu olhar gelado. – Você já foi longe demais.

10

– O quê?! – perguntou Eugênio, completamente incrédulo, achando que tinha "ouvido coisas".

Estou maluco, não tem outra explicação, pensou. Não programei o personagem para dizer nada disso!

Chip se aproximou rosnando e ganindo, com os olhos fixos na tela do computador.

– Eu disse que não aguento mais – respondeu Loser calmamente. – Já chega de humilhação.

Mudo de espanto, Eugênio se ajeitou nervosamente na cadeira. O que podia ser aquilo? Talvez um vírus ou uma brincadeira de alguém. Mas quem? Só ele sabia da existência do Loser. O Mário também, é verdade, mas ele tinha acabado de saber, não teria tido tempo de armar alguma brincadeira. Além do mais, ninguém tinha acesso ao seu computador, que ele mantinha muito bem protegido contra hackers e vírus. Definitivamente, não sabia o que pensar.

– Você pensa que é melhor que todo mundo, não é? – continuou a criatura, apeando do cavalo.

– Hein? – o garoto não conseguia dizer mais nada.

– Que sabe tudo, que ganha sempre. Mas desse jeito é muito fácil, não é vantagem nenhuma.

Eugênio abriu a boca para responder, mas parou no meio. Não podia se imaginar discutindo... com uma criatura virtual! Aquilo não podia ser verdade!

– Você fica sempre aí sentado, do lado de fora. Assim é mole. Até eu.

– Mas o que está acontecendo aqui? – Foram as primeiras palavras que o garoto conseguiu dizer, reagindo à provocação.

A criatura não deu importância à pergunta.

– E é você mesmo que cria todos os jogos. Já sabe *tudo* o que vai acontecer. Você não ganha porque é bom, mas porque *não joga honestamente*.

– Como é que é? – Por mais absurda que fosse a situação, Eugênio não podia permitir que o tratassem assim. A perplexidade dava lugar à raiva.

– É isso mesmo. Você *não joga honestamente*.

– Escuta aqui, seu... seu idiota! Quem você pensa que é? Um perdedor, entende? *Um perdedor!* Você não passa de um simples programa criado por mim!

Loser não se ofendeu:

– Se é assim, do que é que você tem tanto medo?

– Medo? Eu? Não tenho medo de nada, fique sabendo!

– Então por que não jogamos... em igualdade de condições? Só desse jeito dá pra saber quem é o melhor.

O cachorro andava agitado de um lado para o outro e o garoto mal acreditava que estava ali, sentado em frente ao computador, batendo boca com um personagem virtual. E que estava sendo desafiado por ele, ainda por cima.

– Peraí – disse agitado. – Pelo que eu estou entendendo, você se rebelou. Mas como?

– Não muda de assunto. Topa ou não topa jogar comigo de igual para igual? Ou será que não tem coragem?

– Não enche. É claro que tenho coragem. Mas não sei o que você quer dizer com isso.

– De igual para igual, ora. Por exemplo, disputar um jogo que não foi você que criou. E que você nunca tenha jogado. Aí é que eu quero ver.

Eugênio teve a certeza de estar ficando maluco. Mas mesmo assim respondeu:

– Quando quiser. E você pode escolher o jogo, qualquer um. Não tenho medo de gente, vou ter logo de você?

– Mas não é só isso. Aí do lado de fora é muito fácil. Quero ver você me ganhar cara a cara.

– O quê?!

– É, cara a cara. Aqui dentro do computador, junto comigo.

A risada de Eugênio soou mais nervosa que divertida. A criatura era ousada!

– Tá louco?

– Você sabe que não.

Loser saboreou lentamente o ar de espanto de Eugênio e então concluiu devagar, medindo o efeito de cada palavra:

– A tal pesquisa que o seu amigo falou... A cobaia pode muito bem ser você.

11

– Já está tudo pronto para o lançamento – disse Bob a Fernando, enquanto o cumprimentava com um aperto de mão. – Vai ser mais um grande sucesso da Pólux, tenho certeza.

– É o que a equipe toda espera – respondeu Fernando, sentando na poltrona em frente à mesa de Bob. – Só não gostei do nome que o marketing escolheu.

– *Greeks*? Mas por que não?

– Bom, eles é que entendem disso, mas eu ainda preferia que fosse em português. Por que não *Gregos*? Ou *Mitos*? Não sei que mania é essa de dar nome em inglês a tudo.

– É, você tem razão. Mas no nosso meio é sempre assim. A gente não pode fugir disso. E tem o mercado internacional: esperamos traduzir e exportar o *Greeks* para vários outros países. Temos que ter uma espécie de nome mundial, e a língua inglesa é mesmo a dominante.

– Tá certo – concordou Fernando, deixando pra lá. – Estou louco para ver o jogo nas lojas. A garotada vai curtir demais os mitos gregos.

– Faltam poucos dias pra isso. Você viu como os anúncios de lançamento ficaram sensacionais? – Bob estava superentusiasmado. – Está todo mundo comentando sobre o game, as revistas especializadas não falam em outra coisa.

Fernando comemorou com uma careta engraçada:

– Graças aos deuses!

Eugênio ficou pasmo com o que ouviu. Então aquela *coisa* estava sugerindo que ele se oferecesse para experimentar o projeto da Magnum?

– De jeito nenhum – respondeu. – Eu sou parte da equipe, não sou cobaia.

Assim que disse isso, se deu conta novamente da loucura que estava vivendo. Ele, Eugênio Klaus, estava ali sozinho em seu quarto, discutindo com um programa de computador!

– Não tem coragem, isso sim – provocou Loser, livrando-se da armadura medieval e olhando para ele com ar de desprezo. – *Sabe muito bem* que, se a gente estiver frente a frente, você vai se dar muito mal.

– Ah, para com isso! Quem disse que o pessoal da Magnum vai me aceitar para o teste?

– Eles não precisam aceitar. Você pode dar um jeito... sem eles saberem.

Eugênio balançou a cabeça, estonteado. Começava a perder o autocontrole.

– Cala a boca senão eu te detono!

O outro desafiou:

– Faz isso, faz! Você é covarde mesmo. É bem mais fácil me detonar que me encarar, né?

– Isso não está acontecendo – concluiu Eugênio, com o rosto afogueado pela raiva. – Vou acordar a qualquer momento.

A criatura caminhou alguns metros e se apoiou numa árvore.

– E então? – perguntou calmamente. – Estou cansado de esperar pela decisão. Aceita ou não aceita?

Não houve resposta.

– Já vi que não aceita... Está com medo de mim – insistiu, com um risinho sarcástico no canto da boca.

– É lógico que eu aceito – reagiu Eugênio, muito irritado. – Vou ver o que consigo quanto ao cibertransporte. Mas uma coisa eu garanto: agora *sou eu* que quero te enfrentar. E nada de teclados ou joysticks. Vou ter o prazer de te fazer em pedacinhos... usando as minhas próprias mãos.

12

– Eu queria conhecer melhor esse lance do cibertransporte. Saber mais detalhes. – Eugênio procurava parecer casual.

– Mas é tudo muito específico – respondeu Mário Brito. – Para você criar os games, não vai precisar saber isso. Basta saber que o jogador vai estar dentro do ambiente virtual. Os técnicos que cuidem do resto.

– Acontece que estou curioso. Quero saber exatamente como o cibertransporte vai ser feito. Vai me recusar isso, Mário?

O outro ficou constrangido.

– Bem, você já conhece boa parte da técnica. Foi tudo explicado em linhas gerais nas últimas reuniões.

– Acho que você não entendeu. Quero saber mais. Ir ao laboratório e conhecer o equipamento. Ver de perto. Levar um papo com o pessoal que cuida disso.

– Mas por quê? – Mário temia aborrecer o garoto, mas não tinha autorização de levá-lo ao laboratório.

Eugênio fingiu não ter ouvido a pergunta.

– Vai permitir ou não?

Frente a uma situação tão delicada, Mário resolveu passar a bola:

– Vou ter que consultar o presidente.

⁓⁓⁓

Vindos do fundo do corredor comprido e
frio, passos ritmados ecoavam no silêncio e se
aproximavam cada vez mais. Duas figuras altas
e esguias surgiram no saguão, vestidas de branco
dos pés à cabeça. Usavam luvas, polainas, toucas e
máscaras cirúrgicas, e estavam tão cobertas que não
era possível saber se eram homens ou mulheres.

– Seja bem-vindo, Eugênio – disse uma voz
feminina.

Logo, ambos os recém-chegados retiravam as
máscaras do rosto e Eugênio pôde ver que eram
duas tremendas gatas.

– Oi – respondeu ele. – Cheguei cedo demais?

– Não, bem na hora que o Mário marcou. Ele
não vem?

– Sei lá. Acho que não.

– Bem, de qualquer maneira estamos aqui para
receber você, como o presidente pediu. Você quer
conhecer o laboratório...

– Isso. Vai ser legal para o meu trabalho.

A outra garota, que ainda não tinha aberto a
boca para dizer nada, se apresentou:

– Prazer. Eu sou a Cláudia, pesquisadora
da área de informática. E esta é nossa colega

Luciana, engenheira biomédica, uma das principais responsáveis pelo projeto do cibertransporte.

– Já estivemos juntos em algumas reuniões – disse Luciana, sorrindo simpática. – Vamos?

As garotas conduziram Eugênio através do chão lustroso do corredor até uma sala onde ele deveria vestir a roupa especial. Logo ele estava também todo de branco, desconfortável debaixo da máscara, que atrapalhava sua respiração.

– Rapidinho você se acostuma – consolou Cláudia. – Sem essa roupa não podemos entrar no laboratório.

Os três seguiram adiante, até uma porta de vidro dupla que parecia trancada. Luciana tirou um cartão magnético do bolso do jaleco e com ele destravou a fechadura, entrando com Eugênio e Cláudia numa grande sala lotada de computadores e fervilhando de gente vestida de branco.

– Aqui todos têm muito trabalho – explicou a engenheira. – É o núcleo central do projeto. E estamos em fase final das experiências com animais, como você já sabe.

Eugênio percorreu todos os cantos da sala. Examinou cada computador e fez mil perguntas para suas acompanhantes, decidido a entender ao máximo o processo que possibilitava o transporte de uma pessoa viva para dentro do ambiente virtual.

Conheceu o incrível programa que, gravado num único CD, era capaz de promover a desintegração celular e sua perfeita reintegração dentro do computador, sem causar danos ao organismo vivo. Soube que diversas experiências já haviam sido feitas com cães e macacos, todas muito bem-sucedidas (os animais haviam sido transportados para a máquina e depois trazidos de volta sem qualquer problema). Foi informado que o equipamento completo de cibertransporte era muito simples, podendo até mesmo ser classificado como "portátil".

– Daqui a pouco encerramos o expediente, e amanhã é sábado, merecido dia de descanso. O pessoal já está se preparando pra sair – anunciou Luciana, depois de quase três horas de visita. – Mas antes... tenho uma surpresa. Vamos fazer uma demonstração.

Levou Eugênio até uma sala menor, equipada com uma jaula gradeada no centro. Dentro dela estava um chimpanzé amarrado a uma cadeira, com um capacete esquisito enfiado na cabeça. Próximo, havia um computador de aparência e tamanho normais, no qual Luciana colocou o CD com o programa.

Assistindo a tudo com a maior atenção, Eugênio tentava gravar na memória o que a engenheira estava fazendo. De rabo de olho, conseguiu ver e memorizar a senha que ela digitou no teclado da máquina. Depois, viu quando ela pegou um aparelho pequeno, semelhante a um controle remoto, apontou na direção do macaco e apertou a tecla *trip*. Sim, *trip*, viagem! Aquilo era mesmo a maior viagem!

Um facho de luz semelhante a um raio laser saiu do aparelho e foi direto para um sensor no capacete. Numa fração de segundo, o bicho desapareceu, de capacete e tudo, bem diante dos olhos de Eugênio. No instante seguinte, para espanto do garoto, reaparecia vivinho... dentro da tela do monitor!

Estava mais que provado que era possível enfrentar o Loser.

13

A engenheira assistiu satisfeita à reação entusiasmada de Eugênio.

– Incrível! – exclamou ele.

O macaco dentro da tela andava nervoso de um lado para o outro.

– Agora você – ofereceu Luciana, entregando a ele o aparelhinho.

– Eu?

– É. Você vai trazer o macaco de volta. É só apontar o controle na direção do capacete e apertar a tecla *trip* de novo.

Diante da hesitação dele, explicou melhor:

– O feixe de laser parte daqui de fora e atinge o sensor do capacete lá dentro do monitor. É claro que, no caso do nosso chimpanzé, eu tratei, antes, de travar o capacete na cabeça dele para que ele não pudesse tirar. Para isso apertei esta tecla *lock* logo no início da operação.

– Mas e quando for uma pessoa que quiser se transportar? Vai sempre precisar de alguém do lado de fora para acionar o controle?

– Não. Nesse caso é só apertar a tecla *trip* ao mesmo tempo que este botãozinho azul aqui, que aí o controle se autotransporta junto com a pessoa. Depois, quando quiser voltar, a própria pessoa aperta de novo a tecla e o botão, aponta para o capacete em sua cabeça, e pronto!

– Mas é mesmo genial – admirou-se Eugênio.

– Vamos ver se eu consigo trazer o bicho de volta.

Com o controle na mão, apontou para o macaco, que o encarava assustado, e apertou a tecla *trip*. O laser foi direto para o sensor do capacete e imediatamente o animal estava de volta. Luciana destravou e removeu o capacete e levou o chimpanzé de novo para a jaula.

– Agora que você já conhece tudo, acho que podemos ir – propôs a engenheira, desligando o computador.

– Quando começam os testes em humanos? – perguntou o garoto.

– Não sabemos ainda. Precisamos estar mais seguros antes. Não queremos colocar ninguém em risco de...

O toque do celular em sua cintura interrompeu o que Luciana estava falando.

– Alô... Sim, Fábio, acho que deixei em minha mesa. Mas você precisa agora? Está certo, vou procurar agora mesmo e levo em seguida aí pra você.

Ela desligou e se dirigiu a Eugênio, parecendo preocupada.

– Não sei onde coloquei os relatórios técnicos da semana. O supervisor está precisando deles. Você espera aqui um minutinho, que antes eu vou pedir pra Cláudia acompanhar você até a saída.

Saiu apressada, deixando o garoto e o macaco sozinhos na sala.

～～～

– Eugênio! A Luciana pediu pra eu te levar...

Cláudia abriu a porta e olhou rapidamente para dentro do cômodo, constatando que não havia ninguém ali, a não ser o macaco dentro da jaula.

– Ué... ela disse que ele estava aqui...

Fechou a porta e perguntou a um colega da sala ao lado, que já se preparava para ir embora:

– Você viu alguém sair daqui?

– Não vi, não – respondeu ele. – Mas pode ter saído sem eu ter visto. Eu estava ocupado, nem prestei atenção.

Como eu demorei um pouco, ele deve ter ido embora sozinho, pensou Cláudia, um pouco aflita. A Luciana vai ficar chateada.

Abriu de novo a porta da sala e de novo viu que estava vazia. Ainda chamou outra vez pelo garoto:

– Eugênio! Você está aí?

Nenhuma resposta.

Se ele resolveu ir sozinho, não posso fazer nada, decidiu. A não ser ir embora também. Já está tarde, e a semana foi supercansativa.

No silêncio da sala, só se ouviam alguns resmungos do macaco, que se agitava dentro da jaula. Agachado, todo espremido embaixo da mesa do computador, Eugênio prendia a respiração com medo de que o descobrissem ali. Viu a porta se abrir por duas vezes, ouviu a voz da Cláudia chamando por ele e ficou o mais quieto que pôde.

Depois de algum tempo, percebeu que tudo lá fora ficava mais calmo. Não conseguia ver nem ouvir nenhum sinal de movimento. Em todo o caso, esperou mais um pouco, para ter certeza de que todos já haviam ido embora. Finalmente, foi saindo devagar do esconderijo, torcendo para o chimpanzé não se agitar ainda mais.

– Sshhh! – disse ele, e se sentiu ridículo por estar falando com um macaco. Mas já não havia falado, e até discutido, com um personagem virtual? – Cala a boca aí, seu bicho idiota!

Foi até a porta e espreitou o lado de fora. Tudo deserto e absolutamente silencioso. Ele estava sozinho!

E tinha que ser rápido. Tirou as luvas, a máscara e as polainas e rapidamente se livrou do jaleco que havia vestido por cima da roupa. Com ele fez uma espécie de trouxa e dentro colocou o capacete, o controle remoto e o CD que tinham servido para a experiência de cibertransporte.

Não sei se vão funcionar na minha máquina, pensou. Mas quero tentar... ah, se quero! Vou mostrar para aquele imbecil do Loser que ele não passa mesmo de um perdedor.

Olhou através da janela e viu que seria fácil sair por ali. Estava no andar térreo, só precisava distrair os seguranças. Aí teve uma ideia. Primeiro, abriu a janela e colocou a trouxa do lado de fora. Depois, chegou junto à jaula e soltou o macaco. O bicho saiu da sala na maior agitação, com Eugênio abrindo todas as portas para que ele continuasse fugindo pelos corredores vazios.

Até que os dois deram de cara com a porta dupla de vidro, trancada! Sabendo que não teria outra chance, Eugênio pegou uma cadeira e a arremessou com toda a força contra a porta. O vidro se estilhaçou em pedacinhos, deixando o macaco passar correndo.

Foi quando uma sirene escandalosa começou a tocar no prédio.

14

Eugênio disparou de volta para dentro, tentando alcançar a sala da jaula antes que algum guarda o descobrisse. Era a sua oportunidade: *tinha* que pular a janela e agarrar a trouxa para conseguir alcançar a saída enquanto toda a equipe de segurança corria atrás do macaco fujão.

Uma correria tomou conta do lugar. Um monte de guardas, alvoroçados com o alarme estridente e vendo o chimpanzé em fuga, começou a perseguir o bicho pelos jardins do prédio, enquanto Eugênio pulava a janela aberta, fechando-a em seguida para despistar, e saía correndo com a trouxa branca na mão, sem ser notado por ninguém.

– Está todo mundo mobilizado com o acidente no laboratório – informou Mário ao telefone.

Eugênio, conversando com ele pelo viva-voz do aparelho, se fez de desentendido.

– Acidente?

– É, a fuga de um dos macacos que servem de cobaia. Ele saiu quebrando tudo, destruiu muita coisa e ainda sumiu com alguns equipamentos experimentais. Até agora não conseguiram pegar o bicho.

– Nossa! – exclamou Eugênio, aliviado por aparentemente não estarem desconfiando dele. – Quando foi isso?

– Agora há pouco. Umas duas horas depois do expediente. O presidente está muito aborrecido. Ainda bem que os equipamentos que sumiram não são os únicos que havia. Parece que foram fabricados pelo menos dez protótipos; ainda sobraram nove. O prejuízo foi grande, mas as experiências vão poder continuar sem problemas.

– Ainda bem. Chato isso.

Mário mudou de assunto:

– Mas você ainda não me contou da visita. Eu não pude ir, mas você foi, não foi?

– Ah, fui sim. Achei o máximo aquilo lá. Pena esse problema agora...

– A que horas você saiu?

O garoto se preocupou com a pergunta. Estaria Mário imaginando alguma coisa?

– Junto com o pessoal todo. Por quê?

– Nada, não. É que eu telefonei ainda há pouco e você não estava em casa.

O tom do outro irritou Eugênio:

– Qual é, Mário? Tá me vigiando? Fui resolver umas coisas minhas!

– Que é isso, Eugênio? – apressou-se em suavizar, surpreso com a reação explosiva. – Perguntei por perguntar. Eu estou ligando mesmo é para comentar sobre o novo lançamento da Pólux Games. Você já viu? *Greeks*. Está sendo muito badalado.

– *Greeks*? Deve ser uma boa droga. – Eugênio não escondia o despeito. – Eu conheci o autor, um tal de Fernando. Não levei muita fé nele não.

– Mas o jogo até que é bem legal. Estou com um CD aqui em casa. Você não quer conhecer?

– Se eu não tiver nada melhor pra fazer, quem sabe, né?

– Vamos fazer o seguinte: eu estou de saída, e vou ter mesmo que passar aí por perto. Deixo o CD na sua portaria. Mais ou menos daqui a meia hora.

– Você é que sabe, não faço questão.

O papo foi encurtado por Eugênio, que estava louco para desligar e continuar o que estava fazendo antes. Virou-se para o monitor de seu computador e continuou a falar com Loser, que pacientemente esperava que ele terminasse o telefonema com Mário.

– Como eu já disse – prosseguiu o garoto –, consegui o equipamento de cibertransporte. Não foi nada fácil, mas eu consegui. E agora vou provar que, dentro ou fora do computador, eu dou de dez a zero em você.

– Pode ser – respondeu a criatura, enigmática. – Agora só falta a gente escolher o jogo.

– Tenho milhares deles aqui – exagerou Eugênio, apontando para sua enorme estante de CDs. – A maioria eu comprei, mas nunca joguei, por falta de tempo. Pode escolher qualquer um. Vai se dar mal de qualquer jeito...

Loser ficou um instante em silêncio. Parecia estar pensando.

– Não escolho nenhum desses – finalmente disse.

– Ah, então resolveu desistir! Eu sabia que você ia amarelar.

A criatura ignorou a provocação e declarou, decidida:

– Vamos disputar o *Greeks*.

15

– O *Greeks*? – Eugênio se surpreendeu. – Mas nem tenho ele aqui ainda!

– Fácil – respondeu o personagem, levantando as sobrancelhas. – É só pegar na portaria daqui a uma meia hora. O Mário não disse que vai trazer?

– É, parece. Mas nem sei direito que tipo de jogo é. Não conheço nada dele.

– Ótimo, nem eu. Assim fica bem melhor.

Eugênio começou a desembrulhar a trouxa e de dentro tirou o capacete, o controle remoto e o CD do cibertransporte.

– A gente ainda não combinou as regras – disse Loser de repente, olhando curioso para o garoto.

– Que regras?

– Quero propor uma aposta. Assim o jogo fica mais emocionante.

Cara, essa coisa que eu criei está mesmo passando dos limites, pensou Eugênio.

– Se você ganhar, no final me detona pra sempre – continuou a criatura.

– Sei.

– Mas se *eu* ganhar...

A risada de Eugênio ecoou pelo quarto.

– Sem chance – disse entre risos. – Nem precisa dizer mais nada.

– Se eu ganhar – insistiu Loser sem dar bola para o deboche do outro –, você me deixa conhecer o lado de fora.

– O quê?

– Sair da realidade virtual e visitar o mundo real. Mesmo que seja por pouco tempo.

– Isso não dá.

– Mas você se compromete a tentar.

– Claro que não – recusou Eugênio, muito sério. – Por que eu tentaria?

– Se tem mesmo certeza de que vai vencer, pode apostar qualquer coisa. Ou será que agora está ficando com medo?

De novo aquele papo de medo. O garoto detestava parecer covarde.

– Sai dessa – respondeu, irritado, aceitando o desafio: – Posso apostar qualquer coisa sim.

– Então, fica combinado: ou você me detona ou me deixa sair.

Eugênio examinou a embalagem do *Greeks* com um desconfortável sentimento de inveja. *Tinha* que reconhecer que a Pólux Games havia feito um excelente trabalho. A caixa era muito bonita, ilustrada com personagens da mitologia grega e um texto que prometia muita ação.

A embalagem deve ser melhor que o jogo, pensava, enquanto subia de elevador depois de pegar o game que Mário deixara na portaria.

– Seu pai e eu vamos ter que viajar daqui a pouco – disse a mãe, assim que ele entrou em casa. – Vamos ver sua tia Silvana, que não está passando bem.

– De novo? Essa aí vive doente, mas não morre nunca.

– Não fala assim, meu filho. É sua tia.

– Maior hipocondríaca. Voltam quando? – perguntou sem muito interesse.

– A gente passa o dia com ela amanhã e domingo e, se tudo correr bem, na segunda de manhã estamos de volta.

– Tá bem.

– Só tem o problema do seu almoço e do seu jantar desses dois dias. Neste fim de semana, os empregados estão de folga. Não vai ter ninguém aqui pra ver isso.

– Eu peço alguma coisa no restaurante, me viro, né, mãe? Que é que eu posso fazer se vocês largam tudo e saem correndo cada vez que a tia Silvana tem uma dorzinha?

Como sempre, a mãe resolveu não discutir. O pai veio do quarto com uma bolsa de viagem na mão e os dois se despediram de Eugênio, prometendo telefonar mais tarde para saber notícias.

Assim que se viu sozinho, Eugênio tratou de encher até a boca o pote de água e a tigela de ração do Chip, pois desconfiava de que demoraria a voltar da aventura virtual em que ia se meter.

Depois foi correndo para o quarto, seguido de perto pelo cachorro. Estava ansioso para experimentar o *Greeks*. Ligou o computador e acionou o Loser, que logo apareceu na tela com aquele seu velho olhar gelado.

– Tudo pronto? Podemos começar?

– Está louco para se ferrar, não é? Olha que ainda tem tempo de desistir.

– Desistir de conhecer o mundo aí fora? Nem pensar. Eu quero muito essa chance.

– Bom, é você que tá escolhendo. Depois, não vale reclamar.

Com gestos lentos e coração acelerado, Eugênio enfiou num drive do computador o CD do cibertransporte e digitou a senha no teclado. Em outro drive introduziu o CD do *Greeks* e colocou o jogo para carregar. Em seguida, pôs o capacete e apanhou sobre a mesa o controle remoto.

Aí hesitou um instante. E se a experiência com humanos não fosse tão bem-sucedida quanto em animais? E se ele se desintegrasse e desaparecesse para sempre, no meio do caminho entre o real e o virtual? E se não conseguisse voltar nunca mais?

– Está esperando o quê? – provocou Loser, notando a hesitação.

O garoto olhou para o personagem com desprezo e se ajeitou melhor na cadeira. Despediu-se de Chip, que o fitava com o olhar comprido, respirou fundo para tomar coragem e apontou o controle para a própria cabeça. Então apertou com firmeza o botão azul e a tecla *trip*.

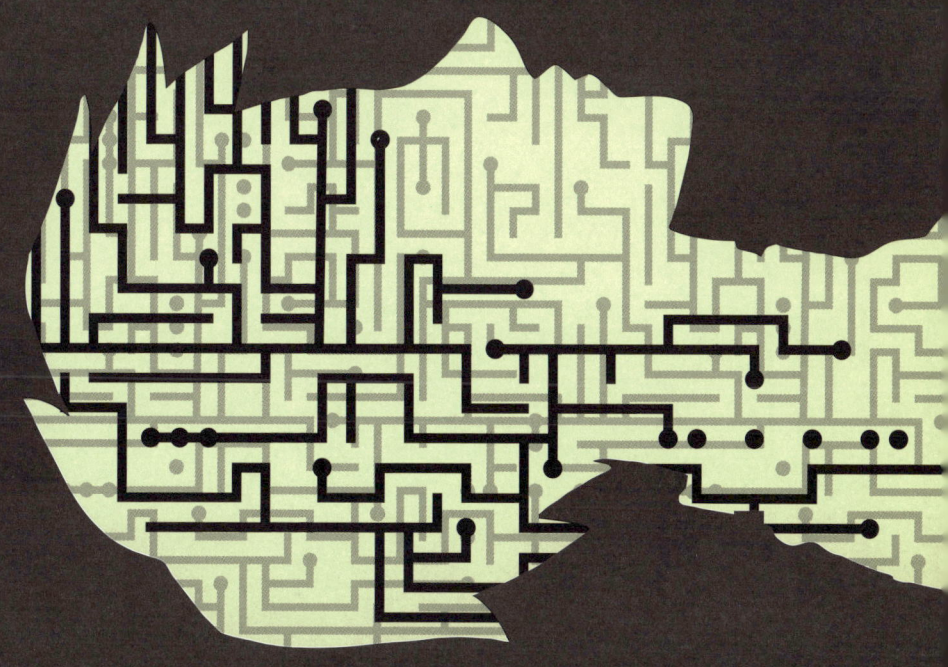

16

Um mergulho no mais gigantesco abismo que se pode imaginar. Essa foi a sensação que Eugênio experimentou logo após comandar com o controle o seu próprio cibertransporte. Uma explosão aguda feriu-lhe os ouvidos e um zumbido insuportável tomou conta de seu cérebro.

Ele foi lançado de cabeça no centro de um redemoinho espiralado sem conseguir controlar seu corpo, que era jogado livremente de um lado para o outro, na trajetória de uma queda sem fim. Na verdade, nem mesmo sabia se ainda tinha corpo.

Estou morrendo, pensou ele, assustado. A experiência fracassou.

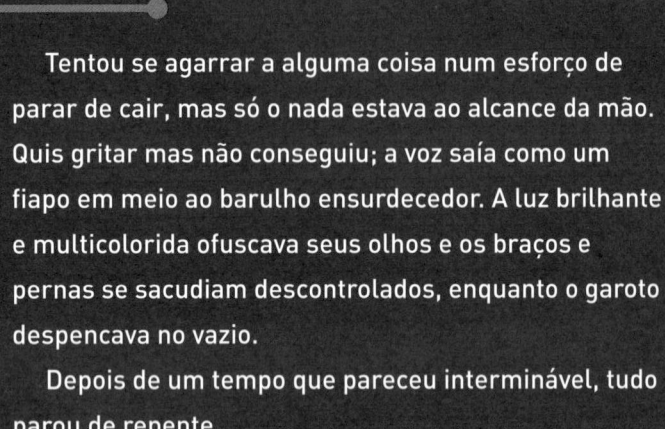

Tentou se agarrar a alguma coisa num esforço de parar de cair, mas só o nada estava ao alcance da mão. Quis gritar mas não conseguiu; a voz saía como um fiapo em meio ao barulho ensurdecedor. A luz brilhante e multicolorida ofuscava seus olhos e os braços e pernas se sacudiam descontrolados, enquanto o garoto despencava no vazio.

Depois de um tempo que pareceu interminável, tudo parou de repente.

Deitado de costas no chão, Eugênio não via mais o redemoinho em forma de espiral ou as luzes cheias de cores. O zumbido foi diminuindo aos poucos e um silêncio doído tomou conta do lugar.

O garoto bateu no peito, para se certificar de estar mesmo vivo. Notou, aliviado, que o controle do cibertransporte estava firmemente seguro entre os dedos e que o capacete continuava enfiado na cabeça. Apesar do susto, se sentia leve, quase capaz de sair flutuando. Foi quando viu à sua frente o que parecia ser a entrada de um túnel.

Levantou devagar e caminhou até lá. Era mesmo um túnel escuro e comprido, tão comprido e tão curvo que não dava para avistar a saída. Eugênio viu apenas uma luz distante e se sentiu irresistivelmente atraído por ela.

Entrou no túnel com passos lentos e andou decidido em sua direção.

Morri, teve a certeza.

Depois de muito andar, afinal alcançou a luz e o fim do túnel.

Do outro lado, um cenário neutro, todo azul, esperava por ele, e tudo o que deixou para trás subitamente desapareceu no ar.

– Espero que tenha feito boa viagem – disse uma voz às suas costas.

Eugênio se virou e deu de cara com Loser. Tomou o maior susto. A criatura era incrivelmente real; parecia tão de carne e osso quanto ele.

– Você... – disse o garoto.

– Eu mesmo – respondeu o outro. – Legal esse cibertransporte, em menos de um segundo trouxe você aqui.

– Não é possível. Não pode ter sido só isso.

Para Eugênio havia se passado muito mais. Não entendia essa ruptura da dimensão tempo: como é que um segundo podia parecer tão longo?

– O que importa é que você chegou. E agora podemos começar.

O garoto examinou o cenário em volta e viu tudo completamente azul.

– Mas como iniciar o jogo? – perguntou. – Não tenho como apertar a tecla start!

– É que você ainda não se desligou do mundo real. Experimente tirar o capacete – sugeriu Loser.

Meio desconfiado, Eugênio retirou da cabeça o capacete e o colocou no chão. Dentro dele guardou com cuidado o controle remoto. Assim que fez isso, viu surgir como mágica no meio do azul uma enorme tecla *start*.

– Pronto – disse a criatura. – Agora já pode apertar.

17

Sem querer se afastar muito do lugar onde deixara o capacete, Eugênio esticou o braço e pressionou a tecla. Uma animação de introdução ao jogo começou e uma voz cristalina de mulher recitou um texto explicativo, com música ao fundo, enquanto imagens em 3-D pairaram no ar ilustrando o que ela falava:

– Você está na Grécia Antiga, entre os anos de 1400 e 30 a.C. Todos aqui acreditam que tudo na vida e na natureza é obra dos deuses. Esses deuses, apesar de poderosos e imortais, se parecem física e moralmente com os humanos mortais e influem o tempo todo em suas vidas. Os mitos gregos são as histórias mais fantásticas já inventadas e têm servido de tema para a literatura, as artes, a filosofia e as ciências.

Eugênio e Loser se preparavam para o início da disputa. Nenhum dos dois sabia o que teria pela frente.

– Estamos precisamente na ilha de Creta. Aqui, construído pelo arquiteto Dédalo a mando do rei Minos, um gigantesco labirinto abriga um monstro de cabeça de touro e corpo de homem, comedor de carne humana, chamado Minotauro. Você e seu adversário viverão uma grande aventura. Prepare-se para muita adrenalina! Vocês devem penetrar no labirinto e logo à entrada tentar encontrar o fio de Ariadne para desenrolá-lo durante o trajeto, pois a maneira de conseguir sair

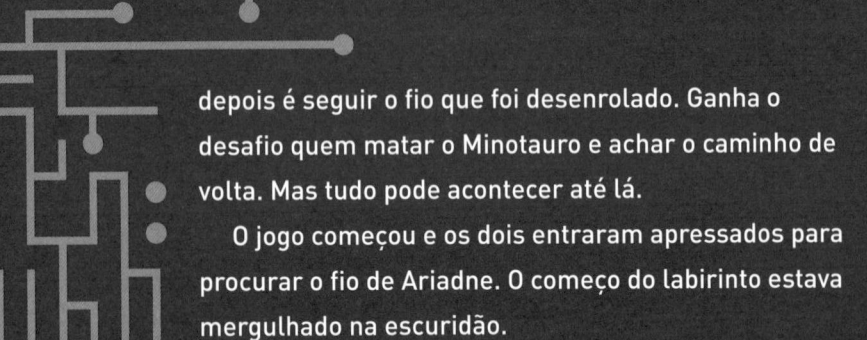

depois é seguir o fio que foi desenrolado. Ganha o desafio quem matar o Minotauro e achar o caminho de volta. Mas tudo pode acontecer até lá.

O jogo começou e os dois entraram apressados para procurar o fio de Ariadne. O começo do labirinto estava mergulhado na escuridão.

– Como vamos achar esse tal fio no escuro? – perguntou Eugênio.

– Se você me ajudar, tentamos encontrar juntos. Sem ele não poderemos voltar, de qualquer jeito – propôs Loser.

O garoto não gostou da ideia de fazer um acordo com o inimigo.

Se eu achar primeiro, é ruim de eu esperar por ele, planejou.

Começaram então a tatear as paredes e o chão, percorrendo com as mãos a superfície de pedra rústica sem enxergar coisa alguma. Foi a criatura que acabou achando dois novelos de fio super-resistente atirados ao chão. No mesmo instante tudo se iluminou. Vendo duas argolas de ferro gravadas com as iniciais L e E presas à parede, cada um amarrou na argola a ponta do seu fio e começou a desenrolá-lo, adentrando o labirinto.

———•• •

– Fase 1 – disse a voz. – Visita ao reino de Posêidon.

O cenário mudou de repente. Loser e Eugênio, cada

um em um barco antigo e pequeno, enfrentavam furiosas ondas no meio de um mar revolto.

– Não posso afundar agora! Tenho que alcançar a terra! – berrou o garoto, vendo logo à frente uma espécie de ilha paradisíaca, formada de cinturões circulares de mar e terra e cheia de construções luxuosas.

Nesse momento, emergindo das ondas e empunhando um colossal tridente, o deus Posêidon surgiu majestoso em sua carruagem de concha puxada por cavalos--marinhos, seguido por um séquito de sereias e delfins.

– Quem ficar em cima do barco até que eu acabe de afundar a Atlântida – informou o deus dos mares, solene – ganha um dos poderosos raios de meu irmão Zeus, deus da terra e do céu.

Começou uma luta feroz. Os dois jogadores tentavam se manter em cima do barco enquanto o cortejo passava e na passagem tornava o mar ainda mais bravio. O vento soprava furioso, e as ondas cuspiam água sobre os barcos e seus ocupantes. Eugênio e Loser, cada um por si, tratavam de se afastar rápido do continente de Atlântida, que tinham visto logo à frente e que já começava a ser engolido por uma imensa onda.

O barco da criatura teimava em continuar perigosamente no mesmo lugar. Mas Eugênio remava com tanta força, que conseguiu se distanciar a tempo de ver Posêidon agitar o mar ainda mais com a incrível força de seu tridente.

– Que esta bela terra, que um dia dei de presente à minha amada esposa Clito – vociferou o deus, com sua voz estrondosa –, permaneça para sempre, com todas as suas inumeráveis riquezas, no fundo do oceano, onde a cobiça e os vícios de seus governantes encontrarão adequada sepultura.

Outra onda ainda maior se formou e encobriu a ilha lendária, que finalmente afundou de forma espetacular e arrastou com ela o pequeno barco de Loser.

– Socorro! – gritou a criatura, nadando entre os escombros flutuantes do continente perdido.

Posêidon então se aproximou de Eugênio, que agora remava tranquilo, e entregou a ele um dos raios de Zeus.

– Com os cumprimentos do grande senhor do Olimpo!

Logo depois mergulhou espetacularmente no oceano, montado em um cavalo-marinho. O garoto olhou admirado para o raio brilhante que tinha na mão, fingindo não ouvir os pedidos de ajuda de Loser, que se debatia na água.

Mas, no instante seguinte, estavam os dois de volta ao labirinto.

– Já viu que vai ser moleza, né? – debochou Eugênio.

– Com este raio de Zeus, vai ser fácil acabar com o Minotauro! Você já era!

———•·•

Continuaram caminhando pelos corredores desertos e intrincados, à procura da próxima aventura. Foi quando ouviram a voz dizer:

– Fase 2. Enfrentar a Górgona Medusa.

– Eu sou Perseu – disse de repente uma figura que surgiu do nada. – Derrotei a Medusa, mulher-monstro de cabelos de serpentes. Agora é a vez de vocês. A cabeça decapitada da Medusa, colocada sobre a armadura da deusa guerreira Atena, tem o poder de torná-la ainda mais poderosa. Em troca de tão importante presente, a deusa vai oferecer sua coruja, que dá sabedoria a quem a possui. Cada um pegue seu escudo e sua espada. Mas cuidado: façam tudo sem encarar a Medusa, porque ela transforma em estátua de pedra qualquer ser vivo que olhe para ela.

Como vou decapitar o monstro sem olhar?, pensou Eugênio, confuso. Mas não teve tempo de pensar mais nada. Um horrível rugido soou às suas costas. Espantado, olhou para trás. Bem a tempo de, por descuido, ver as serpentes dançantes e o rosto aterrorizante da Medusa.

Foi quando virou uma estátua de pedra.

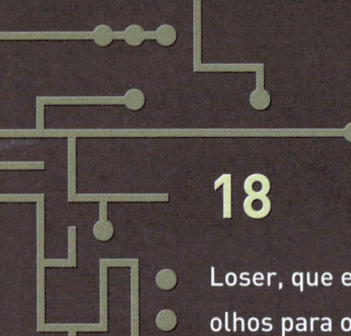

18

Loser, que estava perto, não se abalou. Sem voltar os olhos para o monstro, viu que Eugênio não era a única estátua de pedra que havia por ali. O lugar estava cheio delas, algumas carcomidas pelo tempo, que tinham um dia sido valentes guerreiros derrotados pela Górgona. Ele não queria virar mais uma.

Com os olhos fixos no chão, se aproximou da Medusa de espada em punho, guiando-se pelos urros aterrorizantes que ela soltava. O monstro pulou em cima dele e os dois começaram uma luta desigual, já que a Medusa era muito mais forte e o adversário não podia ver bem o que acontecia.

Mas, de repente, Loser lembrou que seu escudo era brilhante como um espelho. Então experimentou andar de costas, olhando para o reflexo do monstro no escudo, e viu que assim não virava pedra. Num golpe rápido, ergueu a espada com vontade e, guiando-se com agilidade pelo reflexo, conseguiu decapitar o monstro sem olhar direto para ele.

A horrorosa cabeça da Górgona rolou pelo chão com um barulho desagradável e de seu pescoço cortado jorrou um rio de sangue. Desse rio surgiu um inacreditável cavalo alado, de pelo todo branco e sedoso, em que Perseu logo montou, acomodando-se entre as grandes asas.

– Parabéns, você conseguiu – disse o herói, já decolando a bordo do bicho.

– Mas... – protestou Loser, que não estava entendendo nada.

– Pégaso – explicou a deusa Atena, que assistia a tudo, apontando para o cavalo que saía voando. – Que ótimo que você me trouxe a cabeça da Medusa. Com ela na minha égide, serei ainda mais invencível, pois transformarei meus inimigos em pedra.

Em seguida, pegou a cabeça decapitada e a prendeu no peitoral de sua armadura, oferecendo a Loser a coruja que trazia no ombro.

———•–• •

Novamente retornaram para o labirinto, Eugênio já livre da maldição de ser estátua de pedra e muito chateado por ter se dado tão mal naquela fase. Seguiram adiante até darem de cara com outro ser horripilante: um imenso cachorro de três cabeças, que rosnava furioso para eles.

Ouviram novamente a voz:

– Fase 3. Resgatar Eurídice do reino dos mortos.

Alguém falou:

– Sou o semideus Orfeu e quase resgatei Eurídice uma vez antes. Este é Cérbero, o cão que guarda os Infernos para impedir que os mortos saiam e que os vivos entrem.

Os jogadores olharam apavorados para o cachorro, que gania, uivava e babava, louco para estraçalhar alguém. Das gotas de saliva que caíam de suas bocas, plantas venenosas brotavam no chão.

– Temos que passar por ele – continuou o semideus – e atravessar o rio Aqueronte a bordo do barco de Caronte. Assim chegamos ao reino de Hades, o deus dos mortos, para encontrar Eurídice. Mas o que vou ganhar em troca da ajuda?

– Uma coruja! – ofereceu Loser.

– Não me serve para muita coisa – respondeu o semideus.

– E um dos raios de Zeus? – perguntou Eugênio.

– Melhorou – disse ele, aceitando a oferta do garoto. – Venha comigo.

O semideus mostrou a ele uma lira encantada, que começou a tocar. Do instrumento dedilhado por Orfeu saiu uma melodia tão maravilhosa, que o vento parou de soprar e dezenas de animais selvagens saíram de suas tocas só para ouvir melhor.

Então ambos puderam chegar perto de Cérbero, cujos seis olhos ficaram tão vidrados de encantamento que acabaram por se fechar, caindo o cachorro em sono profundo.

Loser aproveitou para subir numa árvore antes que o cão acordasse. Eugênio e Orfeu seguiram em frente, na direção dos Infernos.

O semideus explicou:

– Agora falta convencer o barqueiro Caronte a nos conduzir para o outro lado, pois ele só leva em seu barco as almas dos que já morreram. Assim mesmo, só aquelas que pagam passagem. As que não têm dinheiro ficam eternamente vagando no limbo.

Chegaram, afinal, à margem do rio escuro e lodoso, onde uma legião de almas esperava para atravessar. Um homenzinho de aspecto assustador se aproximou, remando através das águas sujas.

– Voltem! – bradou ele. – Vocês não podem embarcar!

De novo Orfeu pegou sua lira e começou a tocar. Hipnotizado pela música, o sujeitinho sinistro atracou o barco e, impedindo aos empurrões o embarque das almas que se acotovelavam na margem, fez o semideus e o garoto atravessarem o rio sem nada pagar.

Já no reino dos mortos, os dois foram ao encontro do deus Hades e sua esposa Perséfone e tentaram convencê-los a liberar Eurídice.

– Ninguém que aqui tenha chegado jamais vai poder retornar – declarou Hades, inflexível.

– Mas ela morreu de picada de cobra justo no dia do nosso casamento – argumentou Orfeu, quase chorando.

Perséfone intercedeu junto ao marido:

– Você bem sabe o que é estar apaixonado, Hades. Lembra quando me raptou para casar comigo?

– Mesmo assim – respondeu o deus –, a resposta é não.

Orfeu não pensou duas vezes. Começou a tocar a lira e, como já havia acontecido antes, tudo se transformou. Comovido até as lágrimas, o deus dos Infernos cedeu e deixou Eurídice retornar ao mundo dos vivos.

Eugênio comemorou: tinha vencido mais uma fase do jogo. O Loser ia mesmo se ferrar.

Orfeu então ofereceu o prêmio:

– Uma consulta à adivinha Sibila no oráculo de meu pai Apolo.

—•• •

Os jogadores voltaram ao labirinto. Tinham percorrido um bom pedaço, e os urros do Minotauro já podiam ser ouvidos ao longe. Então, receberam novas instruções:

– Fase 4. Decifrar o enigma da Esfinge.

Um monstro com corpo de leão alado e busto de mulher apareceu na frente deles.

– Decifra-me ou devoro-te – disse o bicho.

– O único que decifrou fui eu – anunciou um velho cego que vagava por ali guiado pela filha. – Mas foi a maior desgraça: acabei matando meu pai e casando com a minha própria mãe. Seria melhor ter sido devorado.

– Era uma profecia do oráculo de Delfos, Édipo. Não se podia evitar que acontecesse – amenizou a Esfinge. – Mas agora é diferente: quem conseguir desvendar meu enigma ganha a cornucópia, chifre arrancado por Zeus da cabra Amalteia, de dentro do qual sai tudo aquilo que a gente quer.

– Já é minha! – festejou Eugênio, todo convencido, lembrando do prêmio da fase 3: – É só perguntar à Pitonisa no oráculo de Apolo. Ela sabe tudo mesmo...

Loser disfarçou um risinho.

– Então, estão preparados? – quis saber a Esfinge. – A pergunta é a seguinte: qual é o animal que tem quatro pés de manhã, dois ao meio-dia e três à noite?

Eugênio já ia saindo para procurar o oráculo quando Loser foi mais rápido: consultou a coruja da deusa Atena que estava pousada em seu ombro e respondeu depressa:

– O homem! Ele engatinha no início da vida, anda sobre dois pés depois, e na velhice usa bengala!

Édipo bateu palmas:

– Isso! Assim como eu, você também acertou.

Derrotada, a esfinge se atirou num precipício, se esborrachando lá embaixo. A criatura guardou a cornucópia para usar na hora certa.

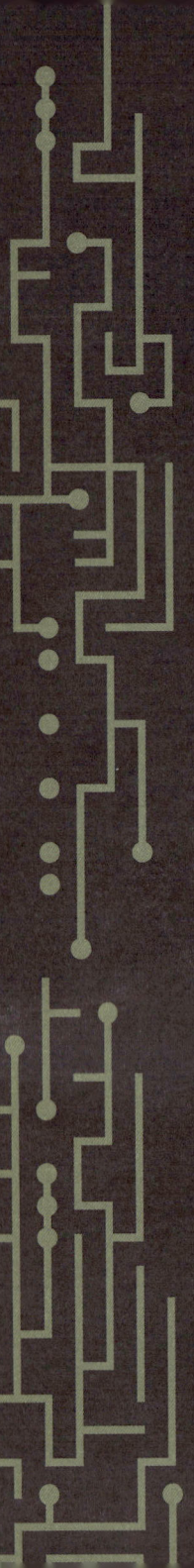

19

O Minotauro estava cada vez mais próximo. Quem tivesse mais armas ia ter mais chances de derrotar o monstro. Mas por enquanto a coisa estava praticamente empatada.

– Fase 5. Libertar Prometeu acorrentado.

Um enorme rochedo barrou a passagem dos dois. Acorrentado a ele, um deus tinha sua barriga bicada por uma estranha águia. Entre gemidos, disse:

– Fui condenado por Zeus a ficar aqui preso, com meu fígado sendo devorado por essa ave todos os dias. E o que é pior: o fígado cresce de novo à noite para ser novamente comido de dia.

– Mas por quê? – horrorizou-se Loser.

– Tudo porque, além de ter criado a humanidade, roubei o fogo dos deuses e o dei para os humanos, tornando os homens independentes e fazendo nascer a civilização.

– E como podemos ajudar você? – perguntou a criatura.

– Encontrem Héracles, que está ocupado com seus 12 trabalhos, e o tragam aqui, porque só ele pode me libertar. Em troca, dou a caixa de Pandora, que contém todos os males do mundo e pode muito bem ser usada contra algum inimigo.

Loser e Eugênio saíram correndo à procura de Héracles, embora não soubessem por onde começar.

Mas o garoto lembrou que ainda podia consultar o oráculo de Apolo.

– Héracles está no reino das amazonas, realizando seu nono trabalho: obter o cinto real de Hipólita, rainha das mulheres guerreiras – revelou a Pitonisa, muito solene.

Orientado por ela, Eugênio seguiu mais que depressa para o Ponto Euxino, moradia das amazonas. Logo ao chegar, encontrou um numeroso grupo de mulheres montadas em cavalos selvagens e armadas de arco e flecha, que não queriam deixá-lo passar.

– Homem não entra! – disse uma delas, ameaçadora.

– Se tentar, morre! – E todas apontaram suas flechas para ele.

– Mas só vim procurar Héracles – respondeu o garoto, morrendo de medo.

Gritos ferozes de guerra abafaram sua voz e as amazonas partiram para atacá-lo. Foi salvo por um sujeito imenso, supermusculoso e com uma clava na mão, que chegou e protestou bem alto:

– Parem com isso! Estamos partindo. Já consegui o que eu queria.

As mulheres recuaram, deixando que os dois se fossem.

– Foi por pouco – disse Eugênio, engolindo em seco.

– Agora só faltam três trabalhos! – disse Héracles, todo suado e meio ofegante. – Esse do cinto não foi nada fácil. A Hipólita é dura na queda!

O garoto então pediu ao herói que o ajudasse libertando Prometeu, pois só ele poderia conseguir isso. Mesmo cheio de coisas para fazer, Héracles concordou em ir até o rochedo para libertar o deus.

– Passe logo essa caixa de Pandora! – exigiu Eugênio assim que Prometeu se livrou das correntes.

Estava encerrada a fase 5, e o garoto ficava cada vez mais certo de que iria mesmo vencer.

——•• •

– Fase 6 – Conseguiram escutar o que a voz dizia, apesar dos rugidos assustadores do Minotauro. – Derrotar a Quimera.

O que será isso: Quimera?, se perguntou Eugênio, já meio cansado de tantas aventuras.

Mas a resposta veio logo. Um monstruoso animal que cuspia fogo apareceu de repente, quase queimando os jogadores com as labaredas que lançava pela boca. O bicho tinha cabeça de leão, corpo de cabra e cauda de dragão, e destruía tudo por onde passava.

– Deixa comigo! – disse um herói que chegou logo atrás dele. – Sou Belerofonte, e tenho prática em acabar com esse monstro. Só preciso pegar o arreio de ouro que a deusa Atena me deu pra colocar no cavalo Pégaso e volto já.

Belerofonte saiu de cena, mas a Quimera não parecia disposta a esperar. Começou a berrar selvagemente e a avançar na direção de Eugênio e Loser, que dispararam a correr, desesperados. Os dois corriam muito, mas o bicho era mais veloz, e logo podiam sentir um preocupante calor que se aproximava cada vez mais de suas costas.

– Use essa cornucópia aí! – gritou Eugênio para Loser, no auge do desespero.

– *Mas o que é que eu posso tirar daqui?* – perguntou a criatura, sem conseguir pensar em nada.

– Você é um inútil mesmo! – berrou o garoto, já sentindo o fogo da Quimera lamber sua camisa. – Vou tentar a caixa de Pandora! Se não der certo, estamos mortos!

Foi quando o monstro os encurralou de encontro a um enorme muro de pedra.

Eugênio então levantou a tampa da caixa.

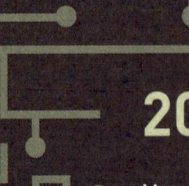

20

Uma inacreditável nuvem dos mais horrorosos espectros saltou em frente aos olhos perplexos dos jogadores. Tudo de ruim que pode existir escapou de dentro da caixa, tomando conta do cenário e tornando a atmosfera sufocante, irrespirável. Doenças, traições, maus sentimentos, vícios e catástrofes, e mais todos os outros males possíveis, saíram voando e se espalhando incontrolavelmente. Loser e Eugênio se encolheram, se sentindo péssimos. Parecia que o mundo tinha desabado em cima deles.

Pelo menos uma coisa boa aconteceu: a Quimera caiu fulminada. Depois do susto inicial, a criatura e o garoto foram se recuperando. Puderam ver que a névoa ruim se dissipava e que o desconcertante corpo do animal estava completamente imóvel, deitado no chão.

– Como conseguiram? – perguntou Belerofonte, que acabava de chegar montado em Pégaso.

– Seu irresponsável! – brigou Eugênio, furioso. – Como é que você vai embora e larga a gente aqui, com esse monstro? Nem sei como é que ele morreu! Tudo o que fiz foi abrir a caixa.

– Pois eu sei – disse o herói, pousando o cavalo. – Foi a inveja! Você soltou a inveja junto com os outros males e ela foi bem na cara dele. A inveja, você sabe, é um sentimento mortal quando domina o ser.

Meio sem graça, Eugênio logo lembrou de Fernando, mas Belerofonte mudou de assunto:

– Porém há males que vêm para o bem. – Deu uma risadinha pelo trocadilho. – Como você matou a Quimera, ganhou esta fase e conquistou minha lança com ponta de chumbo que eu usei da outra vez para matar o bicho.

– Quatro a dois! – exultou o garoto rindo da expressão desconsolada de Loser. – Tem alguém aqui que vai acabar detonado!

———•• •

Voltaram então para o labirinto, caminhando pelos becos e ruelas à espera da nova fase. A coisa estava ficando complicada, porque, pelo barulho que fazia, dava para notar que o Minotauro não estava nada longe.

– O que será que vem agora? – perguntou Loser, já parecendo cansado.

– Seja o que for – provocou Eugênio –, eu já ganhei. Tenho a poderosa lança de Belerofonte, tão poderosa que uma vez matou a Quimera, e você só tem essa cornucopiazinha, que não adianta pra muita coisa.

A voz ecoou repentinamente no cenário:

– Fase 7. Resolver o problema do rei Midas.

– Ai, o que será de mim agora? – gemeu alguém muito pálido, deitado num divã dourado, vestido com roupas douradas e cercado de coisas douradas por todos os lados.

– O que houve? – perguntou a criatura, sentindo pena dos lamentos do homem.

– Meu nome é Midas e fiz uma besteira. Dioniso, deus do vinho, me concedeu um desejo e eu escolhi que tudo que eu tocasse se transformasse em ouro. Agora não posso comer nem beber, porque tudo que pego ou que ponho na boca se transforma em ouro na mesma hora. Estou morrendo de fome! E de sede, então, nem se fala!

– E se a gente te ajudar, o que é que ganha? – se interessou Eugênio.

– Bom, posso conseguir as asas de Ícaro. Só é preciso ter cuidado para não voar perto do sol, porque as asas são de cera e vão acabar derretendo.

– Mas o que se pode fazer pra resolver seu problema? – quis saber a criatura.

Uma voz arrastada e pastosa, que ninguém sabia de onde vinha, deu a resposta:

– Ele tem que se lavar... nas águas do rio Pactolo. Essa é a única maneira... de limpar tanta cobiça.

– Quem é esse bêbado? – perguntou o garoto, surpreso.

– O deus Dioniso – respondeu Midas fracamente. – A voz dele é inconfundível.

– Pois eu levo você até esse rio – decidiu Eugênio. – Mas vamos logo, que eu não tenho o dia todo.

– Não posso. Não vou aguentar a viagem, estou muito fraco. Tem vários dias que não como nem bebo nada.

Aí Loser se lembrou da cornucópia. Se era possível fazer sair do interior dela quantidade infinita de tudo aquilo que se desejasse, por que não poderia obter águas daquele rio para que o rei pudesse, enfim, se lavar?

Então chegou bem perto de Midas com o chifre de cabra na mão. Respirou fundo para se concentrar e desejou intensamente que dentro dele brotasse água do rio Pactolo. Não demorou muito e uma verdadeira cachoeira de água cristalina desandou a jorrar da cornucópia, caindo sobre o rei e lavando seu toque de ouro.

Midas, esfomeado, começou a comer e beber tudo o que encontrava pela frente, e agora nada mais se transformava em ouro. Agradecido, foi logo apanhar as asas de Ícaro e as entregou para seu novo dono.

– Desta vez as coisas não saíram como você pensava – disse a criatura para o garoto.

– Grande coisa! Continuo na frente. E ainda tenho a lança, enquanto você só tem essas asas ridículas.

A voz interrompeu a discussão e avisou, muito séria:

– Fase 8. Última fase, valendo dois pontos. Matar o Minotauro e escapar do labirinto.

Os jogadores estremeceram. Então havia chance para os dois! Agora era mesmo tudo ou nada.

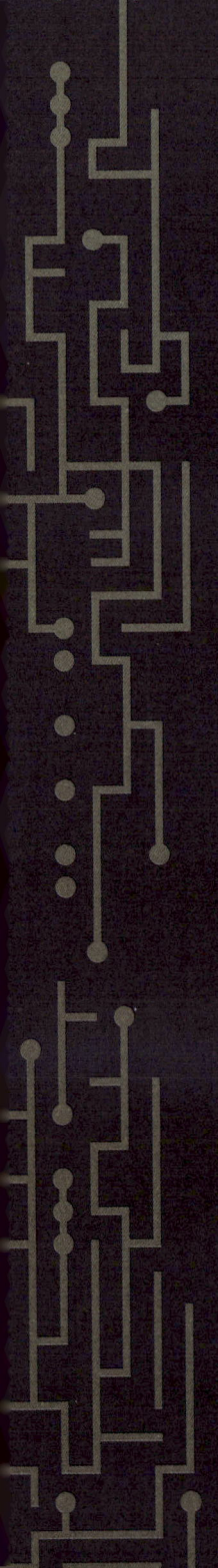

21

Um urro assustador começou a ser ouvido cada vez mais perto. Logo depois, gritos apavorados emergiram do fundo escuro do labirinto. Vozes femininas e masculinas e barulho de passos em fuga se misturavam em meio a horríveis súplicas por socorro.

– São os jovens, coitadinhos! Esse rei Minos é de uma crueldade inacreditável! – disse um homem de porte altivo e vestido com roupas luxuosas, que apareceu de repente à frente dos jogadores.

– Todo ano é isso, um horror!

Vendo a cara de espanto do garoto e da criatura, o sujeito resolveu explicar:

– Sou Egeu, rei de Atenas, e tenho sido obrigado pelo rei Minos, de Creta, a mandar todo ano sete moças e sete rapazes atenienses para alimentar o Minotauro. Mas isso tem que acabar de uma vez por todas! Tomara que meu filho Teseu consiga matar o monstro!

– Desta vez um destes dois é que vai ter que matar o implacável Minotauro, meu pai – disse Teseu, chegando com uma clava de bronze na mão e apontando para Eugênio e Loser. – Usando isto, a clava que conquistei na luta contra o bestial Perifetes, quem tentar vai conseguir!

– Passa pra cá – impacientou-se Eugênio, estendendo a mão na direção da clava.

– Calma! – reagiu Teseu, com um pulo para trás.

– Isso não é assim, não. Quem quiser a clava vai ter que conquistá-la.

– Como? – perguntou o garoto, enquanto Loser observava tudo com ar pensativo.

– Simples – respondeu o herói. – Vai ter que haver uma disputa entre os dois.

———•• •

Eugênio e a criatura se entreolharam, com a respiração suspensa. O momento mais esperado do jogo tinha, enfim, chegado. Eles finalmente iam se enfrentar, cara a cara, sem joysticks, teclados, ou outro recurso desigual qualquer.

Os rostos tensos dos jogadores se voltaram com atenção para as explicações de Teseu:

– Tem apenas um jeito de acabar com o monstro devorador de gente. É preciso surrá-lo com esta poderosa clava. Mas ela só vai parar nas mãos daquele que provar ser o melhor.

Mal Teseu acabou de dizer isso, uma luz ofuscante seguida de estrondoso trovão interrompeu a conversa e sacudiu o cenário com violência. Todos olharam assustados na direção do estrondo e viram uma cena impressionante. Sentado majestosamente em um trono de marfim, com um reluzente cetro de ouro na mão direita e uma enorme águia aos pés, surgiu de repente

Zeus em pessoa, acompanhado de centenas de raios brilhantes.

– Vocês vão participar dos jogos olímpicos – declarou a divindade suprema, com sua voz colossal – na modalidade pancrácio.

– Que negócio é esse? – estranhou Eugênio, inquieto.

– Não dirija a palavra a Zeus – avisou Teseu. – Pancrácio é um tipo de combate grego que mistura luta livre e pugilato. Valem golpes com a mão, com o pé ou com a cabeça, e até estrangulamento.

Loser arregalou os olhos.

– Estrangulamento?

– É – continuou o herói. – Ganha quem por três vezes derrubar o outro e mantiver seus ombros, quadris ou costas colados no chão até que o juiz faça um sinal.

– E quem é o juiz? – quis saber o garoto.

– Zeus. Ele veio aqui especialmente para isso, pois adora essas disputas de vida ou morte. Vamos, tirem a roupa e vistam estes calções, peguem o azeite e passem no corpo. Isso faz parte das regras.

Os jogadores obedeceram e, enquanto espalhavam óleo pela pele, notaram que o cenário se transformava pouco a pouco.

Logo se viram no meio de uma arena de luta octogonal, instalada no centro de um grandioso estádio antigo, lotado de gente. Estátuas e altares decoravam o lugar e os últimos espectadores ainda chegavam a bordo de bigas e quadrigas, que eram estacionadas num imenso pátio.

O entusiasmo tomava conta da multidão, que se manifestava ruidosamente.

– Nesta luta, apenas a honra e a lealdade devem inspirá-los – decretou Zeus, de súbito, e todos se calaram diante das palavras divinas que ecoaram por todo o estádio. – Juram utilizar nesta luta somente meios honestos, sem nenhum tipo de artimanha?

Um silêncio respeitoso se seguiu à pergunta do senhor do Olimpo. Teseu cutucou os dois jogadores e ordenou, num sussurro:

– Respondam!

– Sim – responderam eles, quase ao mesmo tempo, ainda tontos de surpresa com os últimos acontecimentos.

– Ótimo – disse Zeus, esfregando as mãos de ansiedade. – Então podem começar a luta.

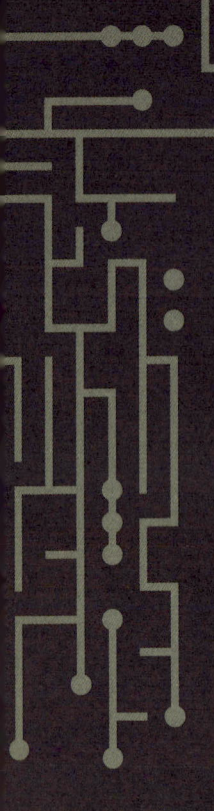

22

A um sinal do deus dos deuses, Eugênio pulou com vontade em cima de Loser e começou a socá-lo com raiva evidente. A criatura revidou os golpes e imediatamente ficou claro que aquela ia ser uma disputa dura. Os corpos untados de óleo escorregavam ao menor toque, tornando tudo muito mais complicado.

– Eu avisei que você ia se arrepender – disse o garoto, entre dentes, enquanto direcionava toda a sua energia para socos e pontapés no adversário.

A multidão aplaudia, assobiava, gritava.

Mas Loser não ficava atrás: sua determinação em vencer era muito grande. Com uma hábil chave de pernas, acabou derrubando Eugênio e conseguiu imobilizá-lo um tempo com os ombros encostados no chão. A torcida exultou, comemorando o primeiro ponto marcado. A criatura estava na frente.

Foram, por alguns instantes, separados por Zeus. Ambos tinham o rosto inchado pelos socos, além de cortes que sangravam espalhados pelo corpo. Trocaram olhares de pura hostilidade antes de reiniciar a disputa.

E dessa vez quem marcou ponto foi o garoto. Partiu para cima do outro com tanta fúria, que logo conseguiu tombá-lo sem tempo para defesa. Jogou todo o seu peso para cima dele e o prendeu com as costas no solo até que o juiz confirmasse o ponto.

A plateia desabava de excitação. Com o empate da partida, a multidão provocava os jogadores, incitando-os a mais violência. O que se seguiu foi uma interminável troca de socos, chutes e golpes escorregadios entre os corpos cobertos de óleo, poeira e suor.

– Acaba com ele! – gritava um espectador, erguendo os braços em sinal de incentivo.

– Sangue! Sangue! – pedia um sujeito gorducho e muito agitado.

E o segundo ponto também foi marcado por Eugênio, sem grande dificuldade. A criatura parecia estar ficando cansada.

– Desiste logo – sussurrou o garoto, ofegante, enquanto lhe aplicava uma vigorosa chave de braço. – Não está vendo que não tem chance?

Mas o adversário não estava disposto a se entregar tão facilmente. Tomou fôlego, reuniu todas as forças que pôde e partiu para o ataque, decidido. Sua súbita reação pegou Eugênio de surpresa e o garoto não conseguiu evitar a queda. Ainda tentou desesperadamente se levantar, mas a criatura o manteve sob controle até que Zeus marcasse o ponto a seu favor.

– Não valeu! – apelou Eugênio, furioso, tentando anular um ponto que não tinha nada para ser anulado.

Uma vaia generalizada fez com que ele se calasse. Agora o jogo estava de novo empatado e quem ganhasse o próximo ponto ia ser o vencedor da disputa.

Os dois jogadores estavam exaustos. Uma sufocante atmosfera de suspense começou a dominar o estádio. A barulheira da torcida deu lugar a um silêncio pesado, recheado de expectativa. Zeus então, todo solene, ordenou o reinício da luta.

Eugênio e Loser se lançaram com tudo. Os corpos rolaram pela arena durante longos minutos, mas foi depois que os dois se levantaram que a coisa esquentou de vez. Uma saraivada de golpes de todos os tipos levou a plateia ao delírio.

– Os magistrados têm razão – comentou Zeus, todo satisfeito com a cena. – Não tem mesmo melhor forma de distrair o povo! Só assim essa gente esquece de ficar reclamando da vida e para de perturbar os poderosos com tantos pedidos e reivindicações.

Teseu concordou com a cabeça, um pouco constrangido, sem desviar o olhar dos lutadores engalfinhados. Eugênio acabava de derrubar Loser com uma rasteira e tentava mantê-lo caído. Mas o óleo ajudou a criatura a se desvencilhar e um instante depois os dois lutavam novamente de pé.

Algumas ninfas já preparavam, entre risinhos excitados, a coroa de louros que caberia ao campeão.

Foi quando Zeus levantou de seu trono e se inclinou para a frente para ver mais de perto. Outra vez Eugênio, todo afogueado, havia tombado Loser e agora apertava as mãos em torno de seu pescoço. A criatura se debatia e tossia, tentando se livrar, mas acabou sendo obrigada a deitar no chão, praticamente asfixiada. Tudo parecia definido. Entre berros entusiasmados, a plateia já proclamava a vitória do garoto.

Mas Loser conseguiu surpreender a todos.

Com suas últimas forças, acertou uma joelhada na barriga do adversário, que acabou soltando seu pescoço. Numa fração de segundo, escorregou com agilidade pelo chão e repentinamente inverteu os papéis. Sem dar tempo a Eugênio de reagir, o imprensou contra o solo e se atirou pesadamente sobre ele, prendendo-o com as pernas e os braços por tempo suficiente para garantir o ponto. A criatura, afinal, vencera o criador.

Enquanto os expectadores se acabavam de tanto gritar e pular, Zeus deu por encerrada a partida.

Loser tinha virado o jogo. E, com isso, conquistado a clava de bronze capaz de matar o Minotauro.

23

– Vou impugnar o resultado! – berrou Eugênio, descontrolado, assim que Loser o largou. – Não vou aceitar isso de jeito nenhum!

– E por que não? – perguntou Teseu, estranhando a reação do garoto. – A luta foi perfeitamente justa.

– Justa nada! Foi uma roubalheira, isso sim! Exijo revanche!

– Que Zeus não o ouça falar assim – aconselhou Teseu. – Muita gente já sofreu castigos horríveis por muito menos que isso.

Eugênio então viu que daquele jeito não ia conseguir nada mesmo. O melhor talvez fosse pensar em alguma solução alternativa. Por enquanto ia ter que fingir estar aceitando a derrota.

Assim que ele tomou essa decisão, notou que uma deliciosa música produzida por flautas, cítaras e liras invadia o estádio, e que um gracioso grupo de jovens ninfas entrava dançando. Uma delas trazia a coroa de louros, que logo foi colocada na cabeça de Loser, enquanto todos o reverenciavam respeitosamente como o grande vencedor da luta.

– Eis a clava que tem o poder de matar o Minotauro – disse Teseu, cumprimentando a criatura. – Agora é sua.

Engasgado de raiva, Eugênio foi obrigado a assistir à cena sem protestar.

Instantes depois, estavam os dois de volta ao labirinto, onde os gritos aterrorizados dos jovens que serviam de almoço ao Minotauro ficavam mais próximos do que nunca.

——•• •

– Vê se usa esse troço direito – recomendou o garoto, preocupado com a proximidade do monstro. – Se você falhar, estamos fritos. Vamos acabar como sobremesa do bicho.

Mal disse isso, ouviu um rugido selvagem que o deixou paralisado. Um horroroso animal com corpo de homem e cabeça de touro apareceu de repente bem perto deles, terminando de mastigar alguma coisa que logo engoliu. Eugênio deu um salto para trás e saiu correndo, apavorado. Loser ficou sozinho. Tinha chegado a hora de enfrentar o Minotauro.

No meio do cômodo vazio, o monstro mediu a criatura de alto a baixo com expressão assassina, arreganhou os dentes e brandiu os chifres. Loser sustentou o terrível olhar do bicho sem se intimidar e esperou que ele fizesse o primeiro movimento. O Minotauro então bufou algumas vezes, arrastou os pés no chão como um touro pronto a atacar e arremessou o corpanzil na direção da presa, decidido a estraçalhá-la.

Tomando fôlego, a criatura também partiu direto para cima dele. Ergueu a clava de bronze com toda a força e desferiu o primeiro golpe bem na cabeça de touro. O monstro cambaleou, soltou um mugido lancinante, mas não caiu. O ar ficou impregnado pelo cheiro podre de seu bafo e Loser quase desmaiou, intoxicado. Uma chifrada violenta o atingiu de raspão no braço, deixando-o tonto de dor. Mas ele conseguiu se recuperar e acertou o segundo golpe com a clava em cheio no peito do bicho.

O Minotauro aí desabou no chão e fez tudo estremecer com sua queda. A criatura recuou um pouco e ficou observando para ver se o outro estava consciente. Ficou em dúvida se deveria continuar a golpear um inimigo caído.

– Não tenha pena – disse Teseu, que de um canto assistia a tudo. – Se deixar que ele se recupere, estará perdido.

Loser viu que o monstro tentava se erguer. Resolveu então, antes que fosse tarde demais, seguir o conselho do herói, que certamente entendia de Minotauro muito mais que qualquer outro. Novamente levantou a clava o mais alto que pôde e surrou o bicho sem piedade. Minutos depois, completamente sem forças, constatou aliviado que ele, enfim, estava morto.

– Puxa, demorou, hein? – ridicularizou Eugênio, que tinha espiado tudo escondido atrás de uma parede. – Pensei que, mesmo com essa tremenda colher de chá da clava de bronze, você não ia conseguir.

A criatura não respondeu. Ficou sentada no chão ao lado do corpo inerte do Minotauro, respirando fundo para se recobrar do esforço descomunal. Eugênio estava estranhamente alegre:

– Bom – disse ele, com um sorriso esquisito –, já que o serviço está feito, acho que posso ir andando.

– Podemos – corrigiu Loser. E foi se levantando devagar. – Parece que ganhei a aposta, não é mesmo?

– Ganhou? Eu não teria tanta certeza assim. Você ainda não saiu do labirinto.

Nesse momento, a criatura se deu conta de que não estava encontrando a sua ponta do fio de Ariadne.

– O fio! – desesperou-se. – O que aconteceu com o meu fio?

O garoto começou a rir.

– Aquela inútil lança de Belerofonte... ainda se lembra dela? Pensei que não ia servir pra nada. Mas até que serviu pra cortar certo fio...

24

Loser não conseguia acreditar no que estava acontecendo. Então Eugênio havia cortado o fio que era sua única chance de escapar dali?

– Tchau pra você – se despediu o garoto, pegando a ponta de seu próprio fio de Ariadne e tratando de sair rapidinho.

– Espere! Você não tinha o direito de fazer isso!

– Ah, não? – debochou o outro, já fora do campo de visão da criatura. – Pois já fiz! – disse, com a voz cada vez mais distante.

Uma grande frustração tomou conta de Loser. Ele se sentia completamente idiota. Tinha sido passado para trás direitinho e agora não sabia o que fazer. Um suor frio escorria de sua testa enquanto ele andava nervosamente de um lado para o outro, tentando encontrar uma solução. Não podia aceitar que as coisas acabassem daquele jeito estúpido.

Foi então que teve uma ideia.

Vielas tortuosas se emaranhavam à frente de Eugênio, que, no entanto, seguia adiante com passos confiantes. Apesar de tantos becos intrincados, o labirinto não o assustava nem um pouquinho. Com o fio firmemente seguro entre os dedos, se orgulhava da própria esperteza por ter conseguido enganar o outro com tanta facilidade.

Cada vez que se lembrava da cara surpresa de Loser ao perceber que não poderia voltar, ficava mais empolgado com o que havia feito e aumentava o ritmo das passadas, ansioso para chegar logo onde estava o equipamento de cibertransporte e se mandar de novo para o mundo real.

Assim que sair do computador, vou detonar o cara de uma vez por todas, planejava, louco para se livrar de sua própria criatura. E ele que pensava que podia me vencer, comemorava, saboreando a vitória que considerava merecida.

Depois de seguir o fio de Ariadne por um bom tempo, calculou finalmente estar bem perto da saída. Foi quando um curioso farfalhar de asas interrompeu seus pensamentos.

Olhou para cima esperando ver um pássaro qualquer sobrevoando o labirinto. Mas o que viu o deixou completamente sem ação.

– Não esperava me encontrar tão cedo, né? – gritou Loser, em meio a gargalhadas, dando um voo rasante sobre sua cabeça.

– Você? – exclamou o garoto, incrédulo. – Mas como?

– Esqueceu daquelas *ridículas* asas de Ícaro? – perguntou a criatura, triunfante, batendo as asas com toda a força. – É só não voar perto do sol!

O labirinto chegava ao fim. Eugênio dobrou a última esquina e logo alcançou o lado de fora. Cercada por uma nuvem de penas brancas que se desprendiam no ar, a criatura pousou sorridente bem ali, diante dele.

No cenário, um enorme painel luminoso se acendeu de repente, ostentando em letras garrafais as palavras *fim de jogo*. Agora não restavam mais dúvidas: Loser tinha mesmo vencido a parada.

– Chegou a hora de cumprir o prometido – cobrou ele.

– Venci o *Greeks* e agora quero conhecer seu mundo.

– Não acho que vai ser possível – disse Eugênio, tentando uma última cartada. – Quem garante que o equipamento de cibertransporte é capaz de transportar um personagem virtual? Ele é feito para seres humanos!

– Só vamos saber se tentarmos.

Dizendo isso, e antes que o outro pudesse esboçar qualquer gesto, a criatura correu até onde tinha ficado o equipamento e rapidamente se apossou do capacete. O controle remoto, que estava dentro, acabou caindo no chão e foi parar a alguns metros de distância. Os dois se lançaram sôfregos sobre ele, mas Eugênio foi mais rápido e conseguiu pegá-lo antes.

– Me dá aqui esse capacete – exigiu o garoto, segurando firme o controle remoto.

– Me dá *você* esse controle – respondeu Loser, sem nenhuma intenção de obedecer. – Nós dois sabemos que conquistei o direito de usar o equipamento.

– Tudo bem – assentiu Eugênio, vendo que não havia muita alternativa. – Concordo em tentar que você saia. Mas com duas condições: primeiro, você vai ficar lá fora pelo tempo que eu quiser, e já vou logo adiantando que não vai ser muito. – Fez uma pausa para observar a reação do outro, que estava completamente impassível. – E, segundo, o controle remoto vai ficar aqui dentro comigo, porque assim posso decidir quando trazer você de volta.

– Está bem. – Foi só o que Loser falou.

– Ah – lembrou o garoto –, e vou apertar a tecla *lock*, para impedir que você tire o capacete.

Loser concordou calmamente com a cabeça. Criador e criatura se olharam por um momento, tentando adivinhar o pensamento um do outro.

Esse cara não perde por esperar. Quando isso acabar dou um fim nele sem pena nenhuma, decidiu Eugênio, irritado por ser obrigado a fazer o que não queria.

Com o capacete colocado, Loser esperou, visivelmente ansioso, pelo comando que iria levá-lo ao mundo real. Então o garoto, sentindo um gosto amargo de raiva na boca, apontou o controle na direção da criatura e pressionou a tecla *trip*.

Um instante depois, se viu sozinho no cenário deserto.

25

– Eugênio! Você está aí? – A voz de Mário Brito quebrou o silêncio do fim de tarde de domingo.

Mas não houve resposta, porque o quarto estava vazio. As cortinas semicerradas deixavam passar uma réstia de sol que se esparramava no chão e clareava um pouco o lugar.

– Por onde você anda? Quero saber o que achou do *Greeks*! Estou telefonando desde ontem e não consigo te achar em casa. Seu celular está incomunicável. Me liga, tá?

Um sinal da secretária eletrônica sobre a bancada indicou que Mário tinha desligado. Logo depois, o telefone tocou de novo e outro recado aflito se seguiu à mensagem de Mário:

– Meu filho, cadê você? Eu e seu pai estamos preocupados. Desde ontem, a gente liga aí pra casa e você não atende. E não conseguimos falar com seu celular também, só dá fora de área. Por favor, dê notícias suas o quanto antes!

A mãe de Eugênio desligou. O ambiente ficou silencioso outra vez, até que um estalo esquisito, vindo da torre do computador ligado, pareceu sacudir o quarto. Luzes geladas cortaram a penumbra e revelaram uma sombra escura que se materializava pouco a pouco no meio do cômodo. Chip latiu apavorado e se escondeu embaixo da cama. No monitor, o rosto preocupado de Eugênio observava a cena.

– Acho que deu certo... – murmurou Loser, enquanto abria os olhos devagar.

Apalpou o próprio corpo, querendo verificar se tinha chegado inteiro. Depois percorreu com o olhar tudo em volta até que topou com o garoto, que o encarava de dentro da tela.

– Parece que os papéis se inverteram, não é? – Não conseguiu evitar a provocação.

– Claro que não – respondeu Eugênio, irritado. – Continuo sendo criador, e você, simples criatura. E tenho o controle, não se esqueça. Você tem dez minutos. Depois desse tempo, te trago de volta.

Loser não discutiu. Com expressão fascinada, começou um exame mais cuidadoso do mundo em que acabava de chegar. Sentou na cadeira em frente ao computador e a fez girar algumas vezes, para ter uma visão panorâmica do quarto. Dois painéis emoldurados na parede chamaram sua atenção.

"*A persistência da memória*. Salvador Dalí", ele leu no primeiro pôster, observando mais de perto a paisagem desolada, a árvore seca e os relógios derretidos com estranhos insetos por cima, que não pareciam fazer muito sentido.

Desviou os olhos para o quadro ao lado. Ali viu um velho de barba branca que flutuava no céu cercado de crianças angelicais, com o dedo indicador unido ao de um homem mais jovem. "*A criação de Adão*. Michelangelo", leu no rodapé da reprodução. Ficou impressionado com a perfeição da obra, que exercia sobre ele um estranho fascínio.

Ainda com os olhos fixos no quadro, se afastou de costas e sentou na cama de Eugênio, constatando a maciez do colchão e roçando o rosto no tecido suave do lençol, com expressão de puro prazer. De seu esconderijo, o cachorro o espreitava assustado.

– Falta pouco para o seu tempo acabar – avisou Eugênio.

Ignorando a advertência, a criatura percorreu o quarto sem nenhuma pressa. Tocou com as pontas dos dedos os objetos sobre a bancada e os livros enfileirados na estante. Uma lombada vermelha atraiu seu olhar. Pegou

o livro e começou a folheá-lo, lendo rapidamente o título e o autor: *Frankenstein*, de Mary Shelley.

Nesse momento, uma lufada de vento fez voar as cortinas, e Loser se aproximou da janela. Olhou para fora e avistou, extasiado, a noite que caía sobre o mar e a beleza das últimas cores do pôr do sol que enfeitavam o céu. Uma enorme lua brilhante despontava junto ao horizonte, iluminando a areia da praia e o longo píer que se projetava sobre a água.

Maravilhada, a criatura encheu o peito com o ar marinho, num longo suspiro satisfeito, e ficou alguns instantes a admirar a paisagem e o movimento da rua.

– Ei. – Ouviu de repente a voz de Eugênio. – Tempo esgotado! Acabou a brincadeira.

Loser voltou-se para dentro do quarto, deixando a cortina entreaberta. Pousou calmamente o livro vermelho ao lado da impressora e se sentou na cadeira em frente ao computador.

– Me dá mais uns minutos – pediu, olhando o garoto no monitor. – O mundo real é melhor do que eu pensava. Transmite tantas... sensações.

– Deixa de papo. Não me interessa nada disso. Já disse que a brincadeira acabou.

– Só mais um pouco. Quem sabe... podemos fazer um acordo? Me deixa ficar mais um tempo e pede em troca o que você quiser.

Eugênio riu:

– Pedir o quê? Nem pensar. Não faço acordo nenhum. Está na hora de voltar e pronto.

A criatura fez menção de levantar. Eugênio apontou o controle remoto na direção do capacete e avisou:

– Nem mais um passo. Fique exatamente onde está.

E apertou a tecla *trip* o mais depressa que pôde.

Mas desta vez Loser foi muito mais rápido. Antes que o raio eletromagnético vindo do controle atingisse o capacete em sua cabeça, ele estendeu o braço na direção da torre e desligou o computador.

No monitor, a imagem perplexa de Eugênio se apagou de súbito e o quarto mergulhou em uma esquisita escuridão.

26

– Agora me chamo Winner – declarou a criatura em voz alta, abrindo as cortinas de par em par e deixando a luz da lua se derramar pelo quarto.

Levou às mãos à cabeça, numa tentativa inútil de remover o capacete. Logo desistiu, vendo que ele estava firmemente fixado.

Com pena de Chip, que gania amedrontado, encolhido em seu canto, Winner fez um cafuné na cabeça do animal na tentativa de acalmá-lo... Então começou a desconectar os cabos da torre do computador. Primeiro, tirou o fio da tomada elétrica e depois removeu um a um todos os cabos que se ligavam aos outros equipamentos.

A porta do elevador se abriu e o porteiro viu um adolescente estranho sair carregando uma torre de computador. Pensou em pará-lo, perguntar de onde vinha, mas achou melhor não se arriscar a tomar uma bronca. Afinal, o que tinha ele a ver com isso? O garoto estava saindo, não entrando. Seu trabalho ali era controlar quem *entrava* no prédio.

– Boa noite – disse automaticamente, observando com curiosidade o chapéu bizarro que o cara usava.

– Boa! – respondeu o outro, com uma intrigante voz de timbre metálico.

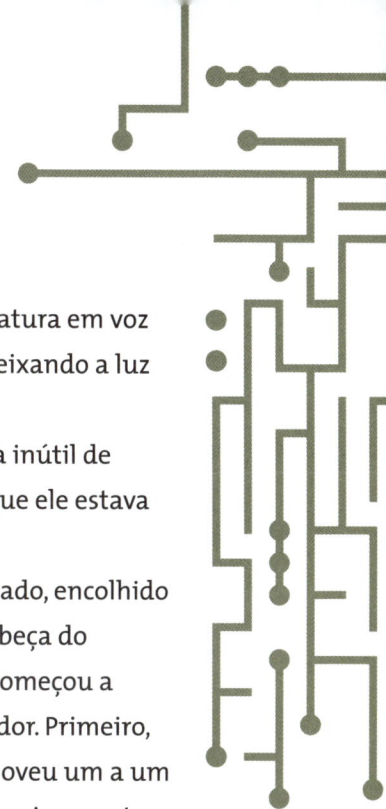

Uma brisa refrescante tornava a noite agradável. Winner atravessou a rua quase vazia e caminhou decidido em direção à praia. Olhou para trás por um momento, mas logo seguiu adiante devagar. Pisava a areia macia com certa surpresa, impressionado com as profundas marcas que seus passos deixavam. Logo alcançou o píer, onde três homens pescavam preguiçosamente sob a lua cheia. Andou em ritmo lento até o extremo do caminho de ripas de madeira. Em seguida, para espanto dos pescadores, ergueu bem alto a torre do computador e a atirou ao mar, vendo-a afundar na água escura.

Então esfregou as mãos uma na outra, como a limpá-las, virou-se de costas e saiu, assobiando tranquilamente em direção à rua.

FOTO: GILBERTO PEREZ CARDOSO

SOBRE A AUTORA

Laura Bergallo se iniciou no game da vida em 1958, no Rio de Janeiro.

Desde essa época, de fase em fase, já publicou 23 livros – muitos deles com temas ligados às novas tecnologias, que muito curte – e ganhou diversos prêmios importantes, com destaque para um Jabuti em 2007.

Para conhecer a obra completa da autora, acesse www.laurabergallo.com.br e entre no jogo.

SOBRE A CAPA E VINHETAS

Juliana Pegas

Ao pensar nos personagens, comecei com o criador. Procurei fugir da ideia do "nerd de óculos", tão associada a hackers e programadores – conheço vários, e tão diferentes entre si! Para a criatura, pensei na influência que Eugênio teria dos games que ele joga, filmes que assiste etc. Juntei tudo em um personagem bem diferente dele. Afinal, se Loser fosse muito semelhante a seu criador, provavelmente não seria tão maltratado...

O colorido da ilustração remete à cerâmica da Grécia Antiga, na qual eram retratadas cenas tanto do cotidiano, como também de mitos, tragédias e batalhas. As cores laranja e verde marcam o antagonismo entre os personagens, pois ambas são vibrantes, carregando uma dose de tensão entre si.

SOBRE O DESIGN
Estúdio Versalete

A oposição entre as naturezas dos protagonistas foi o fio condutor para a criação do projeto gráfico deste livro.

As escolhas visuais induzem ao entendimento de três momentos distintos na narrativa. No primeiro, usamos grafismos com formas de veias e artérias que remetem ao mundo real. A Sabon, família tipográfica humanista escolhida para compor essa parte do texto, reforça a representação do humano.

No segundo momento, os grafismos que remetem a circuitos de computador e o desenho padronizado e impessoal da tipografia DIN indicam a mudança de cenário para o mundo digital, onde os personagens se enfrentam.

No terceiro momento, a união dos elementos gráficos das primeiras partes e o uso da fonte The Mix, com seu estilo híbrido, marcam a chegada definitiva de Loser ao mundo real, subvertendo a configuração da realidade.

PRIMEIRA EDIÇÃO
janeiro de 2016

QUARTA TIRAGEM
março de 2020

PAPEL DE CAPA
Duo Design 300g/m²

PAPEL DE MIOLO
Offset 90g/m²

IMPRESSÃO
Zit Gráfica e Editora